ABgehackt

Team Gran Canaria **Band 1**

von Drea Summer

dreasummerautor@gmail.com
Facebook: Autorindrea

AF188988

1. Auflage, 2019
© Alle Rechte vorbehalten.

Herstellung und Verlag: BoD – Books on Demand, Norderstedt

ISBN: 9783749451050

Lektorat/Korrektorat: Lektorat TextFlow by Sascha Rimpl
Covergestaltung © Dream Design – Cover and Art
Covermotiv © shutterstock_21698083,
shutterstock_575775025

Abgehackt

Team Gran Canaria

Ein brutaler Serienmörder sucht die Urlaubsinsel Gran Canaria heim. Binnen kürzester Zeit werden die Leichen eines Obdachlosen und einer Fitnesstrainerin aufgefunden. Beide sind auf furchtbare Art und Weise verstümmelt worden. Die Ermittler der Polizei stehen vor einem Rätsel. Gibt es eine Verbindung zwischen den Opfern? Wo wird der Täter als Nächstes zuschlagen?

Unterdessen werden Sven und Jenny, seit Kurzem als Privatdetektive tätig, von einem nahen Verwandten eines der Opfer beauftragt, ebenfalls nach dem Mörder zu suchen. Doch je tiefer sie graben, umso mehr bringen sich die beiden selbst in tödliche Gefahr.

© 2019, Pool Scaping Integral Services S&W

Herstellung und Verlag:

BoD – Books on Demand, Norderstedt

ISBN: 9783749451050

1

»Heute werde ich dich holen«, flüsterte ich. Endlich kehrte Finsternis ins Haus ein. Die notwendige Ruhe, die ich für meinen Besuch brauchte. Ich kauerte schon seit Sonnenuntergang hinter der großen Staude. Das Haus hatte ich keine Sekunde aus den Augen gelassen. Ich hatte alle notwendigen Utensilien mittags in den Rucksack gepackt, den ich nun auf meinen Schultern trug.

Ich musste es heute tun. Heute war die Nacht der Nächte, die Nacht der Abrechnung. *Du hast es nicht anders verdient. Du wirst das bekommen, was dir zusteht.*

Leise schlich ich hinter dem Gebüsch hervor. Wie auf Samtpfoten näherte ich mich dem Haus. Ich drehte mich in alle Richtungen, da ich keine Überraschungsgäste gebrauchen konnte.

Das Versteck des Notfallschlüssels war schnell gefunden. Erst vor Kurzem hatte ich im Fernsehen eine Reportage gesehen, dass dieser in den meisten Fällen im Umkreis von drei Metern von der Haustür versteckt war. Wie einfallslos das doch war – unter dem Blumentrog, der eine Armlänge neben dem Eingang hing. *Wieso lässt man den Schlüssel nicht gleich von außen stecken?*, fragte ich mich noch, als ich aufsperrte.

Ich hielt den Atem an und hoffte, dass kein Knirschen oder Knarren mein Eintreten verraten würde. Lautlos öffnete sich die Tür. Erleichtert atmete ich aus und setzte einen Fuß ins Innere. Der Geruch von Orange und Zimt kroch in meine Nase.

»Nichts sehen«, murmelte ich. *Genau diese Worte werde ich dir ins Ohr flüstern. Sie werden sich tief in deine Synapsen einbrennen. Ganz leise und langsam werde ich es immer und immer wiederholen, bis du deinen letzten Atemzug gemacht hast. Und ich werde jede Sekunde genießen. Du wirst mich ansehen, als wäre ich ein Geist. Kein Flehen wird dich vor dem beschützen, was ich mit dir vorhabe. Du wirst genauso leiden, wie ich gelitten habe. Du bist schuld daran. Nur du. Du hast dich dazu entschieden.*

Mein Herzschlag verlangsamte sich, als ich die Treppe hinaufschlich. All die Nervosität war schlagartig wie weggeblasen. Meine Gedanken kreisten nur noch um uns beide. Und darum, was gleich passieren würde. Schritt für Schritt näherte ich mich dem Schlafzimmer. Leise Atemgeräusche drangen in den Flur. *Noch schläfst du tief und fest in deinem warmen, wohligen Bett. Träumst von dem unbeschwerten Leben, das du führst.* Ich legte meine Hand auf den Türknauf.

Doch bevor ich die Tür öffnen konnte, überkam mich wieder der Zorn, der tief in mir loderte. Ich war enttäuscht. Diesen Moment der Ausführung hatte ich mir spannender vorgestellt. Als ich den Plan vor wenigen Wochen ausgeklügelt hatte, hatte mein ganzer Körper zu zittern angefangen, und das Flügelschlagen in meinem Bauch war deutlich zu spüren gewesen. Diese Last war endlich von mir abgefallen, und die Vorfreude hatte mich jauchzen lassen. Aber jetzt, kurz vor der Umsetzung, nichts, rein gar nichts. Ich hoffte darauf, dass wenigstens ein Anflug von Nervosität einsetzte, sobald ich die Tür öffnen würde.

2

Sven öffnete seine verschlafenen Augen. Seine rechte Seite fühlte sich an, als würde sie nicht zu seinem Körper gehören. Wahrscheinlich hatte er einfach zu lange darauf gelegen. Ein eigenartiges Klicken ganz in seiner Nähe hatte sein Hirn dazu gezwungen, die Tiefschlafphase zu beenden und nach dem Rechten zu sehen. Das fahle Mondlicht, das ins Schlafzimmer schien, zeichnete die Konturen des Eindringlings an die Wand. Sven traute seinen Augen kaum und hielt es im ersten Moment für einen Traum, doch der Schatten beugte sich vornüber. Da ertönte neben Sven schon ein schriller Schrei von Jenny. Ruckartig versuchte er, sich aufzusetzen und auf den Einbrecher loszustürmen, doch sein Körper lag da wie in Stein gemeißelt.

»Sven, hilf mir!«, schrie Jenny noch, bevor ihre Stimme brach. Er spürte ihre Hand, die sich auf seinem Rücken festkrallte, aber langsam die Kraft verlor, bis sie losließ. Kälte strömte auf seinen Körper ein, da die Bettdecke zur Seite geschlagen wurde.

Er wollte etwas auf ihre Worte erwidern, allerdings bekam er keinen Ton heraus. Was war bloß mit seinem Körper los? Wieso konnte er sich nicht bewegen und nichts sagen? Waren ihm Drogen verabreicht worden?

Aus dem einen Schatten an der Wand wurden zwei. *Dieses Arschloch zerrt Jenny aus dem Bett*. Der Geruch von Chloroform stieg ihm in die Nase und kroch hinauf in sein Gehirn. Das Schwein hatte Jenny betäubt.

Verschwinde, lass sie in Ruhe, befahl sein Hirn hinauszuschreien, doch es kamen keinerlei Worte über seine Lippen. Nichts an Svens Körper bewegte sich, außer seinen Augen, die an der Wand mitverfolgen konnten, was sich hinter seinem Rücken für grausame Taten abspielten. Er hörte ein dumpfes Geräusch. Etwas war zu Boden gefallen. Der Unbekannte hatte Jenny aus dem Bett geworfen und zog sie an den Oberarmen über den Boden. Gleich würde Sven die beiden sehen. Er richtete seinen Blick auf die Schlafzimmertür. Sein Geist war bereit. Dann würde er angreifen wie ein wilder Tiger, der Hunger hatte.

Er sah die dunkle Gestalt, die vornübergebeugt seine Freundin hinter sich herschleifte. Der Mond schien heller als zuvor, und er konnte direkt in das Gesicht des Einbrechers blicken. Die Haut war komplett weiß, und auf der Nase prangte ein roter Ball. Der Mund war in stechendem Rot zu einem Lachen aufgemalt. *Ein Clown*, durchfuhr es ihn. Gerade ein Clown wollte sie entführen. Sie hasste Clowns. Als Kind, so hatte sie ihm erzählt, hatte sie schreckliche Angst vor diesen schaurigen Gestalten gehabt. Nun sah Sven auch das

Bündel, das sich regungslos von dem Täter aus dem Zimmer zerren ließ. Jennys Kopf war nach vorne geneigt und wippte von rechts nach links.

Was Sven dann erblickte, holte ihn endlich aus seiner Schockstarre, und ihm entfuhr ein gellender Schrei, der jedes Glas zum Zerbersten bringen würde. Das Adrenalin schoss durch seine Adern, und endlich schaffte er es, sich im Bett aufzurichten. Da spürte er eine Hand auf seiner Schulter. Sofort aktivierten sich die Verteidigungsmechanismen in seinem Körper. Der Kampf um Jenny konnte beginnen. Niemals würde er sie aufgeben und diesem Kerl überlassen.

3

Cecilia Sanchez Pérez wunderte sich heute Morgen über das abrupte Aufbrechen ihres Mannes. Normalerweise nahmen die beiden ihr Frühstück immer gemeinsam ein. Pünktlich um halb acht standen die dampfenden Kaffeetassen auf dem Tisch. Er war eben ein echter Deutscher, der auf Recht und Ordnung bestand. Alles musste immer genau nach Plan laufen und seinen geordneten Gang nehmen. Schon seit dem ersten Kennenlernen, vor mehr als zwanzig Jahren, wusste Cecilia, dass sie es mit Horst nicht leicht haben würde. Er war eben ein spießiger Langweiler, ganz das Gegenteil zu ihrer spanischen Mentalität. Doch heute hatte er sich seltsam benommen. Sie seufzte, als sie allein am Küchentisch saß und ihren Kaffee trank. Sie schaute durch die Glasfront nach draußen und hatte einen wundervollen Blick über das gesamte San Agustín, das sich unter ihrem Haus in seiner vollen Schönheit präsentierte. Gerade eben war die Sonne aufgegangen, und das Licht spiegelte sich orangefarben im Meer wider. Ein Blick auf die Uhr verriet ihr, dass es kurz vor acht war. Sie hatte noch massig Zeit, bis der erste Klient des Tages ihre Praxis betreten würde.

Da hörte sie bereits den Schlüssel im Schloss und war froh, als Maria Momente später zu ihr in die Küche trat.

Seit mehr als fünf Jahren kam sie jeden Tag pünktlich zur Arbeit, kochte, putzte und pflegte Cecilias Vater, der nach einem Schlaganfall mehr oder minder in seinem Bett dahinvegetierte und darauf wartete, dass Gott ihn endlich zu sich holte.

Was würde sie bloß ohne Maria machen? Dieses freundliche Wesen mit dem Aussehen einer echten spanischen Mutter und immer mit einem Lächeln im Gesicht. Cecilia wollte sich auf keinen Fall um ihren Vater kümmern, vermutlich hätte sie ihm ins Gesicht gespuckt. Doch angesichts der Tatsache, dass ihr Mann Horst nichts von dieser Geschichte in ihrer Jugend wusste, hatte sie den Vorschlag von ihm nicht ablehnen können, nach dem Tod ihrer Mutter vor knapp sechs Jahren wieder nach Gran Canaria zu ziehen. Zu groß war ihre Furcht vor dem, was passierte, wenn Horst die Wahrheit erfahren würde.

So waren sie mit Sack und Pack hierhergezogen. »Familie geht über alles. Blut ist dicker als Wasser«, hatte Horst damals gesagt, als er die Entscheidung, auf der Insel zu wohnen und ihren Vater zu sich zu holen, wie selbstverständlich getroffen hatte.

Maria war bereits durch die Balkontür verschwunden und stieg die Außentreppe hinunter in den Keller, den Horst für ihren Vater hatte umbauen lassen. Zwar hatte er nicht verstanden, warum er nicht bei ihnen oben im

Haus wohnen konnte – Platz wäre doch genug gewesen –, ließ sich aber dann doch zu einem Umbau der Kellerwohnung überreden.

Durch einen Luftzug schwang die Balkontür wieder auf, und Meeresluft strömte in das Innere des Hauses. Cecilia strich ihre kinnlangen schwarzen Haare aus dem Gesicht. Wie gebannt starrte sie durch die Glasfront und war in Gedanken versunken. Zurück in ihrer Studienzeit, in der sie weit weg von dieser Insel war: in Leipzig auf dem Sofa ihrer Psychiaterin. Sie war die Einzige, die die Wahrheit kannte. Die ganze grausame Geschichte, wie es sich zugetragen hatte. Die Worte der Psychiaterin hallten heute noch in Cecilias Kopf. »Erst der Tod des Peinigers wird dir auch deinen Schmerz nehmen. Und du wirst endlich loslassen können.« *Warum will ich bloß an diese Worte glauben, wenn sie doch nicht wahr sind?*

In diesem Moment klingelte ihr Telefon und riss sie aus ihren Erinnerungen. Eine Benachrichtigung von Facebook wurde angezeigt. Um sich von ihren düsteren Gedanken abzulenken, tippte sie auf das Display und öffnete die App. Die Seite ›Info Gran Canaria‹ erschien sogleich auf ihrem Bildschirm, und sie las den Artikel:

›Heute in den frühen Morgenstunden wurde von Spaziergängern eine weibliche Leiche am Strand von

13

Playa del Inglés gefunden. Wie auch bei dem Leichenfund vor drei Tagen wurden der Frau die Füße und Hände sowie der Kopf abgetrennt. Inspektor Carlos Muñoz Díaz war heute zu einer kurzen Stellungnahme bereit. Wie er uns berichtete, handelt es sich bei dieser Frau vermutlich um Victoria Garcia Ruíz. Die rechtsmedizinische Identifizierung wird in den kommenden Stunden für Klarheit sorgen. Victoria Garcia Ruíz wurde vor drei Tagen aus ihrem Haus entführt. Wir haben bereits darüber berichtet. Inspektor Muñoz Díaz geht mittlerweile von einem Serienverbrecher aus, der auf der Kanareninsel sein Unwesen treibt. Die neuesten Ermittlungen zu dem toten Mann, der vor drei Tagen an den Strand von Maspalomas gespült wurde und dort für Aufsehen gesorgt hatte, haben ergeben, dass es sich hierbei um den siebenundsechzigjährigen Obdachlosen Helge Larsen, einen gebürtigen Norweger, handelt. Über die Hintergründe der Taten wollte der Inspektor noch nichts Näheres bekannt geben. Allerdings bittet er die Bevölkerung um Mithilfe. Sollte Ihnen in Ihrer Nachbarschaft etwas Merkwürdiges auffallen oder aufgefallen sein, verständigen Sie bitte sofort die Polizei unter dem Notruf 112.‹

Jetzt war Cecilia klar, warum ihr Mann heute früh so schnell das Haus verlassen hatte. Dieser Artikel war von Horst verfasst worden. Schließlich war er einer der beiden Redakteure dieser Informationsseite. Ein Serienkiller auf Gran Canaria, der anscheinend nur eine kurze Abkühlphase hatte. Was für ein Albtraum!

Der Name der Frau ließ ihr die Haare zu Berge stehen. Konnte es sich wirklich um …? Aber das war doch nicht möglich. Wer hätte sie denn ermorden sollen? Und dann noch auf so eine bestialische Art und Weise? Cecilia starrte noch immer auf den Bildschirm ihres Handys, der in der Zwischenzeit schwarz geworden war. Sie musste heute ihre Praxis früher verlassen, um Horst über weitere Einzelheiten auszufragen. Dieser Fall interessierte sie persönlich sowie auch als Psychologin brennend. Schon einige Male war sie bereits in Deutschland wegen ihrer fundierten Kenntnisse für die Erstellung von Täterprofilen hinzugezogen worden. Somit könnte sie vielleicht auch hier helfen.

4

»Du solltest wirklich zu einem Arzt gehen. So kann das nicht weitergehen. Jede Nacht schreist du wegen diesem Albtraum.« Jennys Hand lag auf Svens schweißnasser Schulter. Er keuchte und rang nach Luft. Sie spürte, wie sich seine Muskeln anspannten, und redete beruhigend auf ihn ein. »Schatz, es ist alles gut. Ich bin bei dir. Du hast nur schlecht geträumt. Bitte versprich mir, dass du dir Hilfe suchst.« Noch während sie sprach, schaltete sie die Nachttischlampe ein.

Sven starrte sie an, als würde er gerade einen Geist sehen. »Verdammte Scheiße«, murmelte er. »Ich habe dich gesehen. Deine Haare waren klitschnass. Von deinen Augen waren nur mehr die schwarzen Höhlen da. Und dieser Betonblock an deinen Füßen, so wie … Ich dachte wirklich …«

Sie legte ihren Zeigefinger auf seinen Mund und brachte ihn so zum Schweigen. »Hör auf zu fluchen. Wir haben das doch schon besprochen. Statt zu fluchen, sagst du zukünftig Schmetterling. Also verdammter Schmetterling.« Ein Lächeln legte sich auf seine Lippen, das auch sie zum Schmunzeln brachte.

Er zog ihren Kopf zu sich und drückte ihr einen Kuss auf die Stirn. »Ja, ich weiß. Ich werde mich bessern. Ich hab es dir versprochen. Und morgen in der Früh werde ich mir gleich einen Termin bei einem Arzt besorgen.«

Nach einem kurzen Zögern sagte Jenny: »Ich habe mit Sarah über dein … Problem gesprochen. Ich weiß, du wolltest das nicht, aber ehrlich, mich überfordert das. Und wen sollte ich sonst um Hilfe bitten? Sie hat mir die Telefonnummer von einer Psychologin, Doktor Sanchez Pérez, gegeben. Die soll eine Koryphäe sein auf diesem Gebiet.«

Sven schaute sie böse an, sodass Jenny den Blick von ihm nahm und an ihm vorbeisah. Eigentlich wollte sie ihm das nicht gerade um drei Uhr morgens beichten, aber was raus musste, musste eben raus.

Sie hörte Sven schnaufen und machte sich schon auf eine Standpauke gefasst. Er strich mit seiner Hand eine braune Haarsträhne aus ihrem Gesicht und schaute ihr in die rehbraunen Augen. »Ich weiß. Du machst dir nur Sorgen. Du hast es nicht böse gemeint. Lass uns jetzt schlafen, ja? Schließlich müssen wir bald wieder aufstehen und zur Arbeit.«

***

Jenny hatte Sven bereits aussteigen lassen, bevor sie in die Tiefgarage des Centro Comercial Botanico in San Fernando einfuhr. Sie parkte das Auto auf dem Platz mit der Nummer dreiundzwanzig, holte ihre Handtasche von der Rückbank, und kurze Zeit später stand sie bereits vor dem Detektivbüro, das die beiden seit zwei Wochen ihr Eigen nannten. Auf der großen Scheibe stand »*El Espía*« in großen blauen Buchstaben. Den Namen hatten sie sich gemeinsam ausgesucht. Sven fand ihn passend, da es so viel wie »Spion« auf Spanisch bedeutete. Unterhalb stand auf Deutsch »Detektivbüro S & J«.

Als die beiden sich vor knapp sechs Monaten kennengelernt hatten, konnte man wahrlich nicht von Liebe auf den ersten Blick sprechen. Schließlich hatte Sven Jenny anfangs als seine Geisel genommen. Doch Stunde für Stunde hatten sich die beiden angenähert, und als Jenny sich sicher gewesen war, dass Sven nicht der Gewalttäter war, für den sie ihn anfangs gehalten hatte, half sie ihm. Erst als sie glaubte, sie hätte ihn für immer verloren, merkte sie, dass sie mehr für ihn empfand, obwohl sie sich doch gerade erst wenige Tage kannten.

Als sie ins Büro trat, hörte sie noch die letzten Worte, die Sven ins Telefon sprach. Wie immer ging er beim Telefonieren im Zimmer auf und ab und strich sich mit den Fingern durch die hellbraunen Haare.

»Ja, ich bin in drei Stunden bei Ihnen.«

Fragend schaute sie ihn an. »Ehrlich? Du hast dir einen Termin mit der Psychologin ausgemacht? Oder war das ein neuer Kunde?«

Sven kam auf sie zu und küsste sie auf die Stirn. »Ja, ich habe einen Termin bei Dr. Sanchez. Und zwar heute noch. Diese Träume müssen einfach aufhören. Ich kann das weder dir noch mir länger antun.«

Jenny hörte das Klopfen an der Tür und drehte sich um. Ein großer, schlanker Mann Ende vierzig stand im Türrahmen. Jenny fiel auf, dass er zwar adrett gekleidet war – mit langarmigem Hemd und dunkler Jeanshose –, aber durch seinen Dreitagebart ungepflegt wirkte. Ohne ein Wort der Begrüßung trat er ein und hielt den beiden mit zittrigen Händen einen Zettel hin, auf dem in Großbuchstaben geschrieben stand ›¡TÚ ERES EL PRÒXIMO![1]‹.

Sven reagierte als Erstes und nahm ihm den Zettel ab. Er legte ihm seine Hand auf den Oberarm und schob ihn in Richtung Tisch. »Buenos días[2]. Bitte setzen Sie sich erst mal. Jenny, bringst du dem Herrn bitte ein Glas Wasser?«

Jenny holte ein Glas aus dem Schrank und schenkte Wasser ein. Momente später stellte sie es auf den Tisch und setzte sich ebenfalls dazu.

Nachdem der Mann immer noch schwieg und beide nur mit großen Augen anstarrte, suchte Sven erneut das Gespräch mit ihm. »Mein Name ist Sven Wagner. Ich bin Privatermittler. Und das ist meine Partnerin

---

[1]   Du bist der Nächste!
[2]   Guten Morgen

Jenny Huwer. Wer sind Sie, und wie können wir Ihnen helfen?«

Der Mann zeigte keinerlei Reaktion. Auch das Glas Wasser rührte er nicht an. Jenny kam es so vor, als ob er nicht einmal atmete. Sie schaute zu Sven, der leicht mit den Schultern zuckte.

»Sie müssen mit uns sprechen«, sagte Sven. »Ansonsten können wir Ihnen nicht helfen. Wo haben Sie diesen Zettel her? Wer könnte Ihnen diesen geschickt haben? *¿Usted puede entenderme?*[3]«

Der Mann stieß einen lauten Seufzer aus und fand schließlich seine Stimme. »Ja, ich verstehe Sie. Ich heiße Roberto. Sie müssen mir helfen.« Er sprach Deutsch mit starkem Akzent. Er knöpfte seine Hemdärmel auf und schob sie ein wenig nach oben. Auf seiner Stirn hatten sich kleine Schweißperlen gebildet.

»Das kann ich nur, wenn Sie mir erzählen, was passiert ist«, entgegnete Sven.

»Das sehen Sie hier doch. Ich werde bedroht«, sagte Roberto und tippte mit dem Zeigefinger auf das Blatt Papier. »Die Polizei will mir nicht helfen. Die meinen, es handelt sich nur um einen Scherz. Aber ich habe erfahren, dass meine Schwester heute früh tot am Strand aufgefunden wurde. Ich bin sicher der Nächste, dem das passiert.«

---

[3]   Können Sie mich verstehen?

»Wie kommen Sie darauf, dass dieser Zettel etwas mit dem Mord zu tun hat?«, fragte Jenny und nahm den Notizblock, der auf dem Tisch lag.

»Sie war meine Schwester. Das ist doch klar, dass es mich als Nächstes trifft. Die ganze Familie soll ausgelöscht werden.«

»Aber warum ist Ihre ganze Familie in Gefahr?«, fragte Jenny. »Gibt es einen triftigen Grund? Wurde Ihre Schwester auch bedroht? Von wem könnte diese Nachricht stammen?«

Nur ein Schulterzucken kam als Antwort, gefolgt von einem leisen Schluchzen.

Jenny legte ihre Hand auf Robertos Unterarm. »Keine Sorge. Es ist unsere Aufgabe, das herauszufinden.«

5

Heute werde ich ein Kunstwerk vollenden. Und dies wird erst der Anfang sein. Diese Missgeburt hat es nicht anders verdient.

Ich holte die Hände aus dem Kühlschrank und drapierte sie neben dem Kopf. Die Augen starrten mich still und glasig an. Fast anklagend durchdrangen mich die Blicke. Ich schüttelte den Kopf, um diese Gedanken aus meinem Hirn zu bekommen. Schließlich hatte ich einen Vorteil im Vergleich zu meinem Gegenüber. Ich hatte ein Hirn, das dachte. Ihres war schon Matsch. Ich nahm die Hand in meine. Ein kalter Schauer durchzuckte mich. Acht Grad kalte Haut fühlte sich an wie Leder. Falten über Falten hatten sich gebildet. Eine Berg- und Talfahrt. Unter der Oberfläche zeichneten sich die schwarzen Adern wie fette, tote Würmer ab. Still und steif streckten sich die Finger nach mir aus, so als ob sie mich ergreifen wollten.

»Nein, das lasse ich nicht zu. Fass mich ja nicht an!«, schrie ich ihr entgegen und wuchtete sie mit aller Kraft auf den Tisch. Ein Knacksen war zu hören. Der Kopf wackelte ein wenig hin und her. Er stimmte mir zu. Auch er wollte nicht, dass die Hand mich anfasste. Mein Schmerz saß tiefer als Fett und Muskelschichten. Er brannte in meiner Seele. »Niemals werde ich dir vergeben. Niemals.«

Vor einem Monat hatte das Feuer gelodert, manchmal spürte ich das erneute Aufflammen in mir, wenn ich daran dachte. Meistens allerdings nur die Glut, die langsam vor sich hin flackerte, aber niemals ganz erlosch.

Während ich mir einen Faden und eine Nadel zurechtlegte, schweiften meine Gedanken wieder ab. *Was war das Schlimmste? Dass du nichts gehört hast, dass du nichts sehen wolltest oder doch, dass du nichts gesagt hast?* Ich legte die Hand auf die toten Augen. Zuerst versuchte ich, nur die Finger in die richtige Position zu bringen, dann drehte ich die komplette Hand erst nach links, dann nach rechts. Aber es wollte nicht so recht passen. Ich nahm sie wieder herunter und klopfte mit dem Fleischhammer mit voller Wucht auf die Fingerknochen. Ein dumpfer Klang ertönte, und das Fleisch zerbarst unter der immensen Kraft.

»Scheiße«, murmelte ich. »Jetzt muss ich das auch noch nähen. Wie das aussieht mit den herunterhängenden Fetzen.« Ich ärgerte mich über mich selbst. Zu fest war der Aufprall gewesen. Und jetzt hatte ich die Bescherung und mehr Arbeit. Ich stöhnte leise und probierte die Hand wieder vor den Augen. Zumindest dies schien mir nun geglückt zu sein. Jetzt passte es wie angegossen. Schnell nähte ich das herabhängende Fleisch fest. Als ich es betrachtete, sah es jedoch schlimmer aus als zuvor. Was aber auch daran lag, dass der Faden für das Fleisch zu dick war. Zumindest sah man nicht mehr den weißen Knochen, der vorher noch Einblicke ins Innere des Fingers gegeben hatte. Immerhin etwas.

Dann begann ich, den ersten Finger am Gesicht anzunähen. Ich ließ mir Zeit und schob die verbleibenden Finger ein Stück nach links oder rechts. Sie sollte nie wieder etwas sehen können.

Nach einer Weile bestaunte ich mein Kunstwerk. Zufrieden huschte mir ein Lächeln über das Gesicht. Ich erhob mahnend meinen Finger. »Nie wieder wirst du lügen, etwas nicht gesehen zu haben.«

Ich schwebte fast zum Kühlschrank zurück, als ich den Kopf mit den angenähten Händen zurückstellte. Ein letzter Blick noch, dann schloss ich die Tür. Ich faltete meine Hände wie zu einem Gebet und hob sie gen Himmel.

»Danke, lieber Gott, für diese Möglichkeit.«

6

Sven war froh, als er aus dem Behandlungszimmer von Dr. Sanchez trat. In dem kleinen Wartebereich roch alles steril. Oder war es Einbildung? Vielleicht waren es auch die wenigen stylischen Möbel, die mit Sicherheit ein Vermögen gekostet hatten, die seinem Hirn den Geruch vortäuschten. Die Praxis war von seinem Detektivbüro knappe fünf Minuten mit dem Auto entfernt und lag in San Fernando im Einkaufszentrum Bella Vista. Noch einmal drehte er sich zu ihr um und reichte ihr zum Abschied die Hand. »Danke Ihnen, Frau Doktor. Falls keine Besserung eintritt, melde ich mich wieder bei Ihnen.«

Noch bevor Dr. Sanchez etwas erwidern konnte, wurde das Gespräch von einem lauten Aufschrei unterbrochen. Sven drehte sich zur Tür um und sah eine junge Dame, die aufgeregt mit ihren Händen in der Luft herumfuchtelte. »Mama, Mama! Stell dir vor, was passiert ist!« Sie rannte auf ihre Mutter zu und drückte ihr ein Handy in die Hand.

»Beruhige dich doch, Alicia. Ich hab es schon gelesen«, sagte Dr. Sanchez und strich ihrer Tochter die blonden Haare aus dem Gesicht. »Komm, lass uns im Behandlungszimmer darüber sprechen. Setz dich schon mal auf die Liege, ja, Liebes?«

»Aber, Mama. Das ist die Mutter von Diego«, sagte Alicia und kreischte die nächsten Wörter. »Sie ist ermordet worden. Ermordet! Mama! Wieso?«

»Ja, Liebes. Bitte sprich ein wenig leiser. Setz dich endlich auf die Liege und warte auf mich.« Mit einem Ruck bugsierte Dr. Sanchez ihre Tochter in den Behandlungsraum und schloss hinter ihr die Tür. Sie rang sich ein müdes Lächeln ab. »Herr Wagner, entschuldigen Sie diesen Aufstand hier. Rufen Sie mich einfach an, wenn Sie einen neuen Termin möchten, ja?«

Sven hatte in der ganzen Zeit nur still dagestanden und kein Wort gesagt. Seine Gehirnzellen arbeiteten auf Hochtouren. Er dachte an Alicias Worte: *Mutter von Diego. Ermordet worden.* Hierbei konnte es sich nur um die Leiche von heute früh handeln. »Es ist kein Problem, Frau Doktor. Darf ich Ihnen eine Frage stellen? Sprach Ihre Tochter über die Frau, die heute Morgen gefunden wurde?«

»Ja. Das ist die Mutter von Diego. Diego ist ein enger Freund meiner Tochter. Ich kannte die Frau nicht näher. Warum fragen Sie?«

»Rein interessehalber. *Adiós*[4].« So spontan er konnte, schoss die Antwort über seine Lippen, und er ging Richtung Ausgang. Am liebsten hätte er gefragt, ob er sich mit der Tochter unterhalten dürfte. Aber er war

---

[4]   Auf Wiedersehen

kein Polizist, somit würde Dr. Sanchez ihm sicher nicht das Einverständnis dazu geben. Er musste es auf einem anderen Weg versuchen, an sie heranzukommen. Vielleicht wäre es eine gute Idee, sie zu beschatten? Er musste schnellstmöglich mehr über diesen Mord herausfinden.

Im Einkaufszentrum setzte er sich ins nächstgelegene Café und rief Jenny an. Als diese nach dem dritten Klingeln abnahm, fiel er sofort mit der Tür ins Haus. »Schatz? Ich bin's. Was hast du in der Zwischenzeit über den Mord herausgefunden?«

»Nicht viel. Außer dass die Leiche des Mannes vor drei Tagen bereits eine Woche im Wasser gelegen haben muss. Hast du gewusst, dass es sehr selten ist, dass Leichen, die man ins Wasser schmeißt, wieder auftauchen? Ein Mensch geht sofort unter, und nur die Leichengase, die der Körper mit dem Zersetzungsprozess ...« Jenny wurde jäh von Sven unterbrochen.

»Hör bitte auf, mir das haarklein zu erklären. Du liest eindeutig zu viele Thriller. Ist ja furchtbar. So genau wollte ich das nicht wissen. Ich fasse zusammen: Es war also ein Quäntchen Glück dabei, dass der Körper angeschwemmt wurde. Okay, weiter.«

Jenny seufzte und sprach: »Na ja, ich wollte nur, dass du verstehst, warum. Aber gut, dann eben nicht. Also, der Mann wurde an den Strand geschwemmt. Bei der Frau von heute Morgen ist es aber anders. Sie wurde nur am Strand abgelegt. Sie wurde vor drei Tagen aus ihrem Haus entführt. Stell dir vor, ihr Mann hatte Nachtschicht und ihr Sohn war bei Freunden. Es kann keiner genau sagen, wann sie entführt wurde. Es ist der Zeitraum zwischen zwanzig Uhr abends und sechs Uhr morgens möglich.«

»Und ihr Sohn heißt Diego, ja?«

»Ja, woher weißt du das?«

»Von der Tochter der Psychologin. Die kam gerade total fertig bei ihrer Mutter in der Praxis an. Sag mal, kannst du herausfinden, wie Diego und Alicia zueinander stehen? Vielleicht sind sie ein Paar? Oder … keine Ahnung.«

»Klar, ich schau mal in den sozialen Medien, was ich so finden kann über die beiden. Kommst du gleich ins Büro?«

»Nein, ich werde versuchen, Alicia abzufangen. Vielleicht kann sie ein wenig Licht ins Dunkel bringen.«

»Okay, mach das. *Hasta luego, mi cariño*[5].«

»*Besitos*[6].« Sven starrte auf die Eingangstür der Praxis, die er von seinem Platz im Café gut im Blick hatte. *Wenn Alicia rauskommt, bin ich da.*

---

[5]   Bis später, mein Liebling.

[6]   Küsschen

7

Jenny schaute von ihren Notizen auf, die quer über den Schreibtisch lagen, als sie Schritte hörte, die sich ihr näherten. Sie sprang von ihrem Stuhl auf, hob den sechsjährigen Jungen in die Höhe und küsste ihn auf die Wange. Der Kleine strahlte über das ganze Gesicht. *Er hat das gleiche spitzbübische Lächeln wie sein Vater*, dachte Jenny.

»*Hola*[7], Raúl. Wo hast du denn die Mama gelassen? *¿Qué tal?*[8]«

In diesem Moment betrat Sarah das Büro. »Hallo, Jenny. Wir wollten dich besuchen kommen und sehen, wie es dir geht. Hast du Sven die Nummer von Dr. Sanchez gegeben? Du hast dich gestern nicht gut angehört, deswegen wollte ich kurz nach dir sehen. Ich habe Raúl gerade von der Schule abgeholt.« Mit einem Küsschen links und rechts auf die Wange begrüßte sie Jenny.

»Ja, er hat bereits heute einen Termin bekommen und ist gerade bei ihr gewesen. Ich hoffe, es hilft. Danke, dass du vorbeigekommen bist. Du siehst aber sehr blass aus. Bist du krank?«

---

[7]   Hallo
[8]   Wie geht es dir?

Sarah strich sich eine braune Locke aus dem Gesicht und lächelte. Jenny kam es so vor, als ob dieses Lächeln eher aufgesetzt wäre. Wie eine Maske zum Fasching. Doch Sarah machte eine abwehrende Handbewegung und sagte: »Nein, alles gut. Mir ist nur etwas schwindlig heute. Ich habe vermutlich zu wenig getrunken.« Sarah schaute auf den Tisch, auf dem unzählige Ausdrucke lagen. Sie musste schmunzeln. »Das schaut hier genauso aus wie bei mir, wenn ich arbeite. Du bist anscheinend auch so ein furchtbarer Chaot wie ich. Carlos kriegt einen Anfall, wenn ich mich auf seinem Tisch so ausbreite.«

Jenny lachte laut los. Ja, mit Sven ging es ihr genauso. Er der Ordnungsfanatiker, sie die Chaotin.

Plötzlich hörte Sarah auf zu lachen und nahm ein Blatt in die Hand. »Ist das nicht die Frau, die wir heute am Strand gefunden haben? Arbeitet ihr an diesem Fall? Wer ist euer Auftraggeber?«

»Ja, heute früh war der Bruder bei uns. Wir sollen ... darf ich dir das überhaupt erzählen?« Jenny wurde unsicher.

»Aber wir von der Polizei sind da ja schon dran an dem Fall. Manchmal verstehe ich die Leute echt nicht. Mehr als arbeiten können wir auch nicht.« Sarah stieß einen Seufzer aus und nahm auf dem freien Stuhl Platz.

»Darf ich dich was fragen?«, wollte Jenny wissen.

»Ich nehme mal an, dass es um den Fall hier geht, oder? Du weißt doch, ich darf keine Fragen zu offenen Ermittlungen beantworten.«

»Ja, das weiß ich doch. Aber fragen kostet nichts.« Jenny grinste und fuhr fort: »Gibt es einen Zusammenhang zwischen den Opfern?«

»Jenny, ich kann dir darauf nicht antworten.« Sarah schaute sie mit einem mitfühlenden Blick an.

»Ich hab mich bereits informiert über die Opfer. Der Mann, der angespült wurde, war ein Obdachloser, der bereits seit mehreren Jahren auf der Insel lebte. Norwegischer Staatsbürger. Das Opfer von heute hatte einen festen Wohnsitz, verheiratet, einen Sohn. Arbeitete seit Jahren als Personal Coach. Sie war sehr erfolgreich und überall beliebt. Ich sehe hier keine Verbindung.«

»Ich kann nur so viel sagen, dass wir auch noch tiefer graben müssen.« Sarah zwinkerte sie an, und Jenny verstand. Also hatte auch die Polizei noch keinerlei Zusammenhänge zwischen den Opfern gefunden, wie es schien.

»Aber es muss doch irgendeine Verbindung geben. Oder tötet er … Ach, vergiss es. Du kannst mir ja sowieso nix dazu sagen.«

»Stimmt. Was anderes: Habt ihr Lust, am Wochenende zu uns zu kommen? Ich denke mal, es wird Zeit, dass Carlos und Sven sich auch anfreunden. Es war zwar ein – na ja … sagen wir mal – holpriger Start für die beiden, aber das waren auch andere Umstände. Und nachdem wir zwei uns ja gut verstehen und öfter treffen, dachte ich mir, zu viert wäre es doch auch nett. Carlos und ich würden uns auf jeden Fall sehr freuen. Wir …« Sarah wurde von Raúl unterbrochen.

»Mama, was ist mit mir? Ich freu mich auch, wenn Jenny zum Spielen kommt. Warum vergisst du mich immer, Mama?« Raúl verschränkte die Arme vor seiner Brust und zog seine Mundwinkel nach unten.

Sarah strich ihm mit der Hand über die Wange. »Aber, Liebling. Das weiß Jenny doch, dass du dich auch über Besuch freust. Ich würde dich doch nie vergessen.«

»Dann spielen wir wieder dieses eine Spiel wie letztens, ja? Wie hieß es noch mal?«, warf Jenny ein und zwinkerte Raúl zu.

Dieser schenkte ihr sein schönstes Lächeln. »Ja, wir spielen ›Mensch, ärgere dich nicht‹. Das hat mir Oma aus Deutschland mitgebracht.«

»Genau, mein Liebling«, sagte Sarah und fuhr Raúl durch sein schwarzes Haar. »Wir müssen jetzt gehen. Jenny, sagen wir Samstag um drei Uhr? Ach so, noch was: Kannst du mich am Sonntag zum Line Dance abholen? Mein Auto ist ab morgen in der Werkstatt, und na ja, du weißt ja, wie das mit der Pünktlichkeit der Werkstätten hier ist.«

»Klar, Samstag um drei und am Sonntag um zehn. Freu mich.« Jenny verabschiedete sich von beiden, und kurze Zeit später war sie wieder in ihre Arbeit vertieft, als ihr Telefon läutete. ›Sven‹ stand auf dem Display, und sie nahm das Gespräch entgegen. »Hallo. Na, konntest du mit ihr reden?«

»Nein, da war eine Gruppe von Jugendlichen, die sie abgeholt haben. Ich hatte keine Möglichkeit, sie allein zu sprechen. Ich konnte aber von allen ein Foto machen, das hab ich dir soeben geschickt. Mal sehen, was wir rausfinden können. Ich bin gleich bei dir.«

»Okay, bis gleich«, sagte Jenny und beendete das Gespräch.

8

»Und wen von euch nehme ich mir nun als Nächstes vor?«, sagte ich zu mir selbst und starrte auf die Fotos, die vor mir auf dem Tisch aufgereiht waren. Bereit für mich. Bereit, um ihr beschissenes Leben hinter sich zu lassen. Ich musste nur wählen. Aber eigentlich war es völlig egal, wer als Nächstes drankommen würde. Ich hatte mit allen eine Rechnung offen, und es gab nur ein Zahlungsmittel, das ich akzeptieren würde. »Vielleicht dich?« Ich tippte auf ein Gesicht, das mich mit einem hübschen Lächeln anstrahlte. »Oder doch lieber dich?«

Ich konnte mich nicht entscheiden, somit stand ich auf und ging in die Küche, um mir einen Kaffee zu holen. Die Brühe war bereits kalt, trotzdem schenkte ich mir eine Tasse ein. Ich musste wieder stundenlang auf diese Bilder gestarrt haben, denn mir kam es so vor, als ob ich mir erst vor fünf Minuten einen frischen Kaffee gemacht hätte. Ich schaute in die Tasse und stellte fest, dass die Flüssigkeit darin die gleiche Farbe besaß wie meine Seele. Tiefschwarz. Ich trank einen Schluck und hoffte auf die erlösende Entscheidung. Auf eine Eingebung. Aber nichts geschah. Ich lehnte mich an die Arbeitsplatte und lauschte der Stille. Die Gedanken waren wie durch den Wind fortgeblasen. Diese Ruhe in meinem Kopf verspürte ich in letzter Zeit selten. Ich hatte nur noch ihr Bild vor meinen Augen, wie sie mich anlächelte und ihre Hände nach mir ausstreckte.

Dann hörte ich es wieder. Es dröhnte so laut in meinem Kopf, dass ich vor Schreck die Tasse fallen ließ. Der Schrei ging mir durch Mark und Bein. Die Keramik zerschellte auf den Bodenfliesen, und das kalte Getränk ergoss sich über meine nackten Füße. Ein Splitter steckte in meinem Fleisch, und das Blut rann träge heraus. Doch ich fühlte keinen Schmerz. Ich fühlte rein gar nichts mehr. Mein Körper war nur noch eine Hülle. Ein seelenloses Wesen, das existierte, weil es musste, nicht weil es wollte. Keine einzige Träne hatte ich seit vier Wochen, neunzehn Stunden und siebenundzwanzig Minuten vergossen. Keine einzige. Ich rieb an meinen Schläfen. Die Kopfschmerzen kamen wieder. Ich musste mich beeilen, sonst würde ich heute keine Entscheidung mehr fällen können.

Warum hatte ich nicht das Recht zu weinen? Ich wollte es doch so sehr. Ich hämmerte mit den Fäusten auf meinen Kopf ein, so als würde ich dadurch den Schmerz herausbekommen. Ich starrte auf die Pfütze zu meinen Füßen. Sie färbte sich rot ein. Ein Rinnsal Blut sickerte langsam den großen Zeh hinab. Dies erinnerte mich an den kleinen Unfall mit dem Beil. Über und über war ich mit Blut besudelt gewesen, nachdem ich wie von Sinnen auf sie eingehackt hatte. Das nächste Mal musste ich mir frische Kleidung mitnehmen. Wenn mich jemand gesehen hätte ...

9

»Was denkst du?«, sagte Sven zu Jenny, als er sich die Ergebnisse anschaute, die sie zusammengetragen hatte. »In welcher Verbindung stehen die beiden Opfer zueinander? Ich meine, es könnte gut sein, dass die sich gekannt haben. Vielleicht brachte sie Helge Larsen ab und zu etwas zu essen vorbei. Oder auch Decken und Kleidung. Und ein anderer Obdachloser hat das beobachtet und beide getötet, da er nichts bekommen hat.«

Jenny nickte zustimmend. »Das kann gut sein. Aber an zwei verschiedenen Tagen? Ungewöhnlich, aber möglich.«

Sven kratzte sich an seinem nicht vorhandenen Bart am Kinn und dachte nach. »Hmmm ... aber was hat das nun mit dem Bruder des zweiten Opfers zu tun? Die Theorie kann nicht stimmen. Ein Obdachloser schreibt keine Briefe mit Morddrohungen. Wir übersehen etwas.«

»Ja, vermutlich. Komm, lass uns für heute Schluss machen. Wir arbeiten morgen weiter.«

»Können wir noch einen kurzen Abstecher an den Strand machen? Ich will mir die Fundorte ansehen. Es ist noch hell draußen, und ein kleiner Spaziergang am Strand tut uns sicher gut.«

»Wie schön romantisch du bist. Ein Spaziergang am Strand, um die Fundorte von Mordopfern zu besichtigen«, sagte Jenny und lachte laut auf.

»Ich bin der geborene Romantiker.« Sven stand auf und nahm Jenny in seine Arme. »Dafür hab ich mir doch eine Belohnung verdient, oder? Einen Kuss zum Beispiel.«

Jenny kam ganz nah an sein Gesicht heran. Sie musste zu ihm aufsehen, da er einen Kopf größer war als sie. Ihre Augen funkelten, und sie sprach: »Nein.« Sie versuchte, sich aus seinen Armen zu lösen, doch er hielt sie fest. Dann leckte Sven seine Lippen feucht und machte schmatzende Geräusche. Jenny quietschte auf und trommelte mit ihren Fäusten auf seinen Brustkorb ein. »Hör auf! Das ist ja eklig«, rief sie laut lachend.

***

Sven nahm einen tiefen Atemzug und starrte auf das offene Meer hinaus. Die mit Salz geschwängerte Luft strömte in jede Pore seines Körpers. Jedes Mal, wenn Jenny und er einen Strandspaziergang machten, was in letzter Zeit doch ziemlich selten vorkam, genoss er jede einzelne Sekunde davon. Jenny hatte bereits ihre Schuhe ausgezogen und ging auf das Meer zu, das mit knöchelhohen Wellen auf den Strand zujagte.

Einen kurzen Moment versank er in Gedanken. An Jenny, an die Vergangenheit und an ihre gemeinsame

Zukunft. Wie in einem Film sah er Bilder vor seinem geistigen Auge, die in einer halsbrecherischen Geschwindigkeit dahinrasten.

»Hier irgendwo muss es sein«, sagte Jenny und winkte Sven zu sich.

Im Bericht der Tageszeitung stand, dass die männliche Leiche in der Nähe des Leuchtturms von Maspalomas gefunden worden war. Allerdings sah man keine Polizeiabsperrung weit und breit. Natürlich nicht, schließlich war der Fund schon drei Tage her, und die Touristen, die hier tagtäglich entlanggingen, sollten von der schrecklichen Tat nichts mitbekommen. Sven schaute auf den dunklen Sand. Ein wenig ärgerte er sich über sich selbst. Was hatte er erwartet, hier zu finden?

»Hmmm … hier muss er irgendwo angeschwemmt worden sein.« Sven blickte sich nach allen Seiten um. »Dort vorne ist der Steg vom Leuchtturm. Gut möglich, dass der Täter das Opfer dort hineingeworfen hat«, sagte Sven, fügte aber nach einem Moment nachdenklich hinzu: »Aber er könnte ihn auch von einem Boot geworfen haben. Konntest du herausfinden, wo das Opfer seinen Schlafplatz hatte?«

Jenny schüttelte den Kopf und zeigte nur einen Augenaufschlag später in Richtung Promenade. »Aber vielleicht schauen wir uns ein wenig um? Wenn Larsen hier geschlafen hat, wird ihn wohl jemand kennen, oder?«

Sven nickte, und beide schlenderten wenige Schritte, bis sie befestigten Boden unter sich hatten und vor den drei Stufen standen, die zur Rückseite des Leuchtturms führten.

Ein älterer Mann mit einem verschlissenen Sonnenhut auf dem Kopf kam mit unzähligen Plastiksäcken in den Händen nur wenige Meter von den beiden entfernt zum Stehen. Er legte seine Habseligkeiten auf den Boden und begann, seinen Schlafplatz für die Nacht herzurichten.

Sven zückte sein Handy und suchte nach dem Foto des Opfers. Als er es nach einigen Sekunden gefunden hatte, ging er auf den Mann zu. Dieser machte es sich gerade neben der kleinen Treppe, die zur Fressmeile von Maspalomas führte, auf einer Decke bequem. Der Obdachlose lehnte sich an die Mauer des Leuchtturms, in einer am Abend unbeleuchteten Ecke, sodass er von der Promenade aus nicht zu sehen war. Als Sven nur noch einen Schritt von ihm entfernt war, schaute der Mann ihn fragend an und zischte im nächsten Augenblick ein »¿*Qué?*[9]« aus seinem zahnlosen Mund.

Sven setzte ein freundliches Lächeln auf. Schließlich wollte er doch nur Antworten auf seine Fragen haben.

---

[9] Was?

Nicht mehr und nicht weniger. Der alte Mann sollte sich auf keinen Fall von ihm bedroht fühlen. Trotz der sonnengegerbten Haut machte der Mann auf ihn nicht den Eindruck, ein Spanier zu sein.

»¿*Usted habla inglés o alemán?*[10]«, fragte er den Unbekannten.

»Deutsch sprech ich. Warum? Wer will das wissen?« Seine Stimmlage hatte etwas Gereiztes an sich.

»Guten Abend, der Herr. Darf ich mich vorstellen? Mein Name ist Sven Wagner, und das ist meine Partnerin Jenny Huwer. Wir sind Privatdetektive und ermitteln in den beiden Mordfällen, die sich hier ereignet haben. Ist das hier Ihr Platz, wo Sie immer schlafen?« Sven hielt dem Mann seine Visitenkarte entgegen, die er aus seiner Hosentasche gekramt hatte, aber der Obdachlose wehrte ihn mit der Hand ab.

»Lass mich in Ruhe. Ich will damit nichts zu tun haben.«

Doch Sven gab nicht auf und zeigte ihm das Foto. Der Mann starrte sekundenlang auf das Handydisplay.

»Ja, ich kenn ihn. Das ist Helge. Und das war sein Platz hier. Ich hab meist um die Ecke geschlafen. Er hat nie viel gesprochen. Manchmal kam er zu mir und hat mit mir sein Bier oder sein Brot geteilt, das er von irgendjemandem bekommen hatte. Wir müssen doch

---

[10]   Sprechen Sie Englisch oder Deutsch?

zusammenhalten auf dieser Insel.« Er pulte an der Decke herum, auf der er saß. Diese hatte ihre besten Jahre schon hinter sich gebracht.

»Haben Sie etwas gesehen? Ich meine, kurz bevor er ermordet wurde? Ich zahle auch.« Sven holte einen Zwanzigeuroschein aus seiner Hosentasche und zeigte ihn dem Obdachlosen. Als der Mann zugreifen wollte, zog Sven seine Hand zurück.

Nach einem Seufzer redete der Mann schlussendlich doch: »Ich habe nichts gesehen. Ich wurde von dem Gekreische geweckt vor ein paar Tagen. Es war kurz vor Sonnenaufgang. Normalerweise sind die Touristen sehr leise, wenn sie morgens spazieren gehen. Aber wie gesagt, ich wurde von dem grellen Schrei geweckt. Ich rannte sofort runter zum Wasser. Man weiß ja nie, vielleicht ertrinkt jemand, und ich könnte demjenigen helfen …« Er schwieg einen Augenblick, bevor er fortfuhr. »Ich sah den Körper am Strand liegen. Ich rannte darauf zu. Doch dann … die Wellen haben sich über ihm gebrochen und den Körper unwirklich hin und her gewiegt. Der Kopf fehlte. Das sah ich, als ich näher kam. Anhand der Kleidung wusste ich sofort, dass es Helge war. Erst zwei Wochen zuvor hat er das Hawaiihemd geschenkt bekommen, von einer lieben Dame, die ab und zu mal vorbeikommt. Abrupt blieb ich stehen und kotzte mir die Seele aus dem Leib. Als ich wieder aufsah, waren bereits Helfer an Ort und Stelle, die die Frau, die geschrien hatte, zu beruhigen versuchten. Mir kam es vor, als wären nur Sekunden vergangen, bis die Polizei eintraf. Auf einmal waren zig Polizisten hier am Strand, und von allen wurden die Personalien aufgenommen. Ich habe sofort gesagt, dass es sich bei dem Toten um meinen Bekannten Helge handelt. Seinen Nachnamen wusste ich nicht. Ich bin froh, dass ich meinen in der ganzen Zeit, die ich hier bereits lebe, nicht vergessen habe.« Er lächelte zahnlos.

»Und was ist dann passiert? Erzählen Sie ruhig weiter«, sagte Sven und winkte mit den zwanzig Euro.

»Na, was soll dann schon passiert sein? Mitgenommen haben sie Helge. Und ich … na ja, irgendjemand musste sich doch um seine Erbschaft kümmern.«

»Was meinen Sie damit?«

»Ich hab natürlich sofort seine Sachen zusammengepackt.« Er zeigte auf die Plastiktüten, die um ihn herum auf dem Boden standen.

»Ach so. Das ist okay, denke ich mal. Ich lasse Ihnen trotzdem meine Karte da. Für den Fall, dass Ihnen noch etwas einfällt.«

Der Obdachlose nahm die Visitenkarte und auch den Zwanzigeuroschein entgegen und lachte laut auf, als er auf die Karte blickte. »Klar, ich kann ja ein Morsetelegramm schicken.«

Sven kommentierte das nicht mehr und hob nur die Hand zum Gruß. Jenny hatte sich in der Zwischenzeit wenige Schritte von den beiden entfernt aufgehalten, aber trotzdem das Gespräch mitverfolgen können.

Sven und Jenny entfernten sich vom Leuchtturm und gingen am Meer entlang Richtung Sanddünen. Vorbei an den unzähligen Strandliegen, die gerade von einem Arbeiter zusammengestellt wurden. Einige Pärchen kamen den beiden Hand in Hand entgegen. Das kalte Meerwasser umspülte Svens Fußgelenke bei jeder Welle, die an den Strand rauschte. Gerade als sie am FKK-Strandabschnitt vorbeigingen und Sven seinen Gedanken freien Lauf lassen wollte, fing Jenny an zu sprechen.

»Stell dir mal vor«, sagte Jenny. »Er wird morgens von einem Schrei geweckt und sieht seinen toten Freund am Strand liegen. Denkst du, dass er Angst hat? Oder schlimmer noch, vielleicht ist er sogar Helges Mörder und hat die Polizei und dich angelogen.«

»Ach, komm. Bleib auf dem Boden der Tatsachen. Er sagte doch, die beiden hätten Essen und dergleichen geteilt. Ich kann mir nicht vorstellen, dass er ein Mörder ist.«

Jenny war in der Zwischenzeit stehen geblieben und malte mit ihrem großen Zeh Buchstaben in den Sand.

»Ich liebe dich auch«, sagte Sven und schaute auf das *Te quiero*[11], das gerade von einer Welle erfasst wurde, die die Hälfte der Buchstaben mit sich ins Meer riss. Die Sonne hatte bereits einen Teil ihrer Wärme verloren, und in einer guten halben Stunde würde sie den Himmel in ein wundervolles Orange tauchen. Jenny küsste Sven, dieser legte seine Arme fest um sie und drückte sie an seinen Körper. Als er sie wieder aus der Umarmung entließ, schlenderten sie Hand in Hand in Richtung des Fundortes der zweiten Leiche.

»Hier muss es gewesen sein«, sagte Jenny und zeigte auf die Stelle, an der der Strand eine Biegung machte und sich eine große Sanddüne erhob. Beide stapften durch den Sand, um sich dort genauer umsehen zu können. Allerdings gab es auch an diesem Ort keine Anzeichen dafür, dass hier noch vor wenigen Stunden eine Leiche gelegen hatte. Es waren viele Fußabdrücke zu sehen, aber die waren überall am Strand, da die Strecke zwischen Playa del Inglés und Maspalomas gerne von den Touristen für einen Strandspaziergang genutzt wurde.

---

[11]   Ich liebe dich.

»Schei…«, entfuhr es Sven, und er verbesserte sich sofort. »Schmetterling wollte ich sagen.« Ein breites Grinsen folgte.

»Einsicht ist der erste Schritt zur Besserung«, quittierte Jenny sein Grinsen.

Sven sah sich fragend um, konnte aber nichts entdecken, was seine Aufmerksamkeit auf sich hätte ziehen können. »Das Einzige, was mich irritiert, ist der lange Weg von hier zum Meer. Das sind sicher gute fünfzig Meter. Ich meine, der Obdachlose ist angespült worden und sie hier ist nicht mal in die Nähe vom Wasser gekommen.«

»Das stimmt«, sagte Jenny nachdenklich. »Aber vielleicht wurde der Täter gestört oder ihm ging die Puste aus. Verstehst du?«

»Klingt nach Frauenlogik. Der Obdachlose brachte gute hundert Kilo auf die Waage, die Frau grad mal die Hälfte«, sagte Sven und prustete laut los.

Jenny boxte ihm in die Rippen und schaute ihn böse an.

10

»Was weißt du über den Mord an Victoria?«, sagte Cecilia laut, als sie die Eingangstür zuschlagen hörte. Doch außer einem Seufzer kam keinerlei Antwort. »Horst, ich habe dich etwas gefragt.« Diesmal war ihr Tonfall schärfer als zuvor.

Sekunden später trat ihr Mann in das Wohnzimmer und schaute sie mit ernstem Blick an. »Auch dir einen wundervollen Abend. Schön, dass du mich nach meinem Befinden fragst«, sagte Horst mit einem süffisanten Unterton.

»Es geht dir anscheinend gut. Du lebst ja noch. Und was an diesem Abend wundervoll sein soll, habe ich noch nicht verstanden. Also, was weißt du?«

Horst ließ sich auf den Stuhl neben Cecilia fallen. »Sie wurde enthauptet, und die Hände und die Füße wurden entfernt. Genauso wie bei dem anderen Opfer. Was willst du denn sonst noch wissen?«

»Das weiß ich doch schon alles. Was sagt die Polizei? Deine Tochter ist total aufgelöst heute Mittag zu mir gekommen. Ich konnte sie kaum beruhigen.« Cecilia sprang von ihrem Stuhl auf.

»Die arme Alicia. Wo ist sie denn? Ich muss unbedingt mit ihr sprechen. Schließlich kannte sie die Tote doch näher. Sie war dort oft zu Besuch, oder?«

»Deine grauenhafte Sensationsgier wird dich noch einmal ins Grab bringen. Alicia wurde von ihren Freunden abgeholt. Sie ist, so wie immer, nicht zu Hause.«

»Du kannst sie doch nicht einfach so gehen lassen! Ein Serienmörder ist auf der Insel, und du lässt unsere Tochter aus dem Haus?!«

»Sie ist siebzehn Jahre alt. Wie stellst du dir das vor? Soll ich sie im Keller fesseln und gefangen halten?«

»Nein, natürlich nicht. Da hältst du ja bereits deinen Vater gefangen. Ich geh nochmals raus. Hier ist es mir …« Horst unterbrach sich selbst mitten im Satz. »Zu kalt.«

»Du gehst nirgendwohin!«, entgegnete Cecilia. »Was weißt du über die Toten? Rück endlich mit der Sprache raus. Ich weiß genau, wie das in der Pressebranche abläuft. Sprich jetzt endlich.«

»Du kannst mich mal.« Mit diesen Worten ging Horst aus dem Zimmer, und nur einen Augenaufschlag später knallte die Haustür.

Cecilia stand noch immer wie angewurzelt mitten im Raum. Sie konnte kaum fassen, dass Horst gegangen war. Und noch weniger konnte sie fassen, dass er behauptete, sie würde ihren Vater gefangen halten. Was für eine Anschuldigung! Langsam ließ sie sich auf den Sessel gleiten. Sie richtete ihren Blick starr aus dem

Fenster und beobachtete die letzten Sonnenstrahlen, die aufs Meer fielen. Gerade als sie in Gedanken versank, meldete sich das Telefon mit einem lauten Klingelton und zeigte das Symbol eines Briefes auf dem Display an. Sie drückte auf das Symbol und las die Mail. Der Absender war ihr Ehemann.

›Es tut mir leid. Du machst dir auch nur Sorgen. Hier schicke ich dir meine Notizen. Ich hole Alicia ab. Sie ist ganz in der Nähe im C. C. San Agustín. Wir kommen gleich.‹

Cecilia seufzte erleichtert auf. Vielleicht sollte sie sich selbst mehr am Riemen reißen. Und die Erwartungshaltung an Horst zurückschrauben. Sie griff nach dem Notizblock und dem Bleistift auf dem Tisch und notierte sich die Einzelheiten, die sie auf dem Foto im Mailanhang sah.

11

Ich hatte meine Auswahl getroffen und schlich mich heran. Ich konnte den Duft der Angst riechen, so nah kam ich meinem Opfer. Oder war es doch nur eine Schweißabsonderung, die in meine Nase kroch? Ich musste mehr über die Gewohnheiten und den Tagesablauf erfahren, bevor ich endgültig zuschlagen konnte. Beobachten war derzeit meine Aufgabe. So saß ich nun auf einer der unzähligen Parkbänke in der Nähe und hörte die Schritte, die sich von mir entfernten. Das Rascheln der Plastiktüten direkt neben mir war unüberhörbar. Wieder schaute ich in Richtung meines nächsten Opfers und stellte mir bereits den Genuss vor, der mir bald wieder zuteilwerden würde. Wochenlang hatte ich mich auf diesen Moment vorbereitet. Eine perfekt ausgeklügelte Idee und dann noch diese Fügung des Schicksals.

Ich bin kein gläubiger Mensch, und noch weniger betrete ich eine Kirche, aber dies muss von Gott so gewollt gewesen sein. Im Internet gibt es viele Möglichkeiten herauszufinden, welches die perfekte Mordmethode ist. Und die Polizei wird niemals auf meine Spur kommen. Langsam drifteten meine Gedanken ab. In eine Zeit, die mich in zwei Teile gerissen hatte.

Anklagend schaute ich zu dem verschwitzten Subjekt. Ich verstand nicht, wie die das hatten zulassen können. Eigentlich war ich das Opfer und die alle die Täter. Sie hatten gemeinsame Sache gemacht. Alle hatten es gewusst, und keiner hatte etwas getan.

12

Jenny hatte bereits den Frühstückstisch gedeckt, als Sven sich setzte und herzhaft gähnte. Er sah aus wie ein zerstreuter Professor. Die Haare standen ihm kreuz und quer, und auf seiner linken Gesichtshälfte prangte der Abdruck seines Kopfkissens. Dennoch legte er sein Handy wie gewohnt auf den Tisch, direkt neben den Teller. Jenny fand diese Angewohnheit furchtbar. So oft hatte sie ihm schon gesagt, dass er sich das abgewöhnen solle. Da er dann ständig in Versuchung war, sein Handy auch während einer Mahlzeit zu benutzen.

Sie stellte ihm seinen Kaffee auf den Tisch. »Guten Morgen. Ich denke mal, du hast sehr gut geschlafen. Das autogene Training scheint dir gutzutun.«

Sven nickte nur und trank einen Schluck. Momentan war er nicht in der Verfassung, ein Gespräch zu führen. Er war eben kein Morgenmensch.

Still lächelte sie in sich hinein und setzte sich zu ihm. Er hatte seine Hand auf den Tisch gelegt, und seine Stirn war langsam darauf gesunken. Jenny sah seine Augen nicht, vermutete aber, dass er sie geschlossen hatte.

»Schatz?«

»Hmm?«, murmelte Sven und verharrte in seiner Position.

»Ich hab mir die Fotos von der Gruppe angesehen, die du mir gestern geschickt hast. Alle sind auf Facebook miteinander befreundet.«

»Mhm.«

»Okay, das ist keine Seltenheit. Aber es fehlt ein Mädchen auf den Fotos.«

Anscheinend hatte diese Aussage doch Svens Interesse geweckt, denn er hob seinen Kopf. »Wie meinst du, es fehlt ein Mädchen?«

»Es gibt einige ältere Fotos von der ganzen Gruppe. Und in den letzten vier Wochen ist sie hier«, Jenny deutete mit dem Zeigefinger auf ein braunhaariges Mädchen, das schüchtern in die Kamera lächelte, »auf keinem der Fotos mehr zu sehen. Ich habe mir alle Bilder im letzten halben Jahr angeschaut, und auf allen war sie drauf. Bis vor knapp einem Monat ...«

Sven nahm den Ausdruck in die Hand und betrachtete ihn näher. »Und wer ist dieses Mädchen?«

»Keine Ahnung. Es gibt keinerlei Verlinkung zu ihr. Alle anderen wurden markiert. Aber sie nicht.«

»Vielleicht hat sie die Insel mittlerweile verlassen. Oder sie ist eine von denen, die kein Facebookprofil besitzen.«

»In diesem Alter? Denkst du wirklich, es gibt noch junge Männer und Frauen, die nicht in den sozialen Medien unterwegs sind?«

»Klar gibt es die. Und sie ist eben eine davon. Was hast du über die anderen rausgefunden?«

»Nichts Besonderes. Diese sieben hier stammen alle aus gutem Elternhaus. Also Mutter und Vater gehen arbeiten und schicken ihre Kinder auf die Privatschule. So haben die sich alle vermutlich auch kennengelernt.«

»Gibt es Vorstrafen?«, fragte Sven.

»So was wird kaum auf Facebook stehen. Du kommst auf Ideen.«

»Stimmt, ja. Aber die Schule steht im Profil. Ich könnte ja zur Schule fahren und Informationen sammeln. Was meinst du?«

»Einen Versuch ist es wert. Mal etwas anderes: Was hat denn die Frau Doktor gesagt zu deinen Albträumen? Du hast mir davon noch nichts erzählt. Ich durfte ja nur abends dein autogenes Training mit anhören.« Jenny schaute zu Sven, und dieser zog seine rechte Augenbraue in die Höhe. Seine Lippen bildeten einen Strich, so fest presste er sie aufeinander. Somit beeilte sich Jenny, die Wogen zu glätten, bevor er etwas sagen konnte: »Ich habe das genossen und fand es toll. Ich habe geschlafen wie ein Stein.«

Svens Gesichtsmuskeln entspannten sich wieder. »Sie hat gemeint, dass es sein kann, dass ich etwas Schlimmes erlebt oder vielleicht sogar getan habe und das nun in meinen Träumen versuche zu verarbeiten.«

»Hast du ihr etwa von …? Nein, das hast du nicht erzählt, oder doch?« Jenny steckte ein riesiger Kloß im Hals, der ihr nach und nach die Kehle zudrückte.

»Nein, ich habe ihr das nicht erzählt. Natürlich nicht. Ich hab ihr einfach eine Geschichte aufgetischt, dass meine Cousine von Männern verschleppt wurde und die sie dann im Meer versenkt haben. Sie meinte, ich würde da Schuldgefühle haben und diese im Traum auf dich projizieren. Ich habe Schuldgefühle. Da hat sie völlig recht.«

»Zu dem Zeitpunkt war sie doch schon tot. Du hättest nichts mehr für sie tun können. Du hast nur gemacht, was dein Chef dir gesagt hat.«

Ihr Gespräch wurde von Svens Handy unterbrochen. ›Carlos‹ stand auf dem Display. Sven nahm ab und schaltete auf Lautsprecher, damit Jenny mithören konnte.

»*Hola*, Carlos. *¿Qué tal?*«

»*Hola, mi niño. Gracias, bien, ¿y tú?*[12] Du musst zu mir auf die Dienststelle kommen. So schnell wie möglich. Ich habe ein paar Fragen an dich.«

---

[12]   Hallo, mein Junge. Danke, gut, und dir?

»Carlos, was ist denn los?«

»Bitte komm her. Ich will das nicht am Telefon besprechen.«

»Ja, okay. Ich bin in einer Stunde da.«

Sven beendete das Gespräch und schaute zu Jenny. Sie sah die Fragezeichen in seinen Augen blitzen.

13

Sven saß schon eine ganze Weile im Verhörraum der Polizei in Playa del Inglés. Jenny hatte ihn vor der Tür abgesetzt und war einkaufen gefahren. Sven schaute wieder auf seine Armbanduhr. Schon kurz nach zehn. Wenn das so weiterginge, würde das Detektivbüro heute geschlossen bleiben. Er war froh, wenigstens sein Handy dabeizuhaben, und surfte in der Wartezeit im Internet.

Kurz nachdem er hier angekommen war, hatte Carlos seinen Kopf ins Zimmer gesteckt. »Komme in fünf Minuten.« Diese Worte hallten auch eine halbe Stunde später noch in Svens Ohren nach. *Typisch Canario*, dachte er ein wenig säuerlich. Und Carlos war mit seinem schwarzen Haar, das von weißen Strähnen durchzogen war, und der dunklen Hautfarbe anscheinend nicht nur äußerlich ein echter Spanier. Sven hatte bisher immer angenommen, dass dieses Problem mit der Pünktlichkeit nur Handwerker betraf. Wenn diese einem versprachen, dass sie morgen in der Früh um neun Uhr kommen würden, konnte man froh sein, wenn sie zumindest irgendwann im Laufe des vereinbarten Tages auftauchten.

Sven kannte diesen Raum. Vor gut sechs Monaten war er hier schon einmal verhört worden. Damals ging es um den Mord an seiner Ex-Freundin Dörte, der jemand die Kehle durchgeschnitten hatte. Man hatte ihn verdächtigt, diese Tat begangen zu haben.

Seine Gedanken wurden unterbrochen, als Carlos und sein Kollege Cristiano eintraten. Die beiden setzten sich ihm gegenüber. Carlos räusperte sich, bevor er anfing zu sprechen. »Sven, kennst du diesen Mann?« Er legte ein Foto auf den Tisch und schob es ihm hin.

Natürlich, schoss es Sven durch den Kopf. Bei dem Anblick des Blutes, das sich um die Leiche gebildet hatte, wurde Sven regelrecht schwummrig vor Augen. Hitze stieg in ihm auf, und er rutschte auf seinem Stuhl nervös hin und her. »Verdammte Scheiße! Was soll das denn?«, brach es aus ihm heraus, und er ließ das Foto wie ein glühendes Stück Metall auf den Tisch fallen. Im nächsten Moment fand er seine Stimme wieder. »*Lo siento*[13]. Ja, natürlich kenne ich diesen Mann. Das ist der Obdachlose vom Leuchtturm in Maspalomas. Ich habe doch gestern Abend noch mit ihm gesprochen.«

»Und wie lief dieses Gespräch ab?«, fragte Cristiano. »Wieso warst du dort, Sven?«

»Na, ich wollte mehr über die beiden Toten erfahren. Und wer könnte da am ehesten Bescheid wissen als jemand, der dort wohnt? Er konnte mir aber nicht

---

[13]   Es tut mir leid.

wirklich behilflich sein. Also nichts, was mich in meinen Ermittlungen weiterbringen würde.«

»Wie? Deine Ermittlungen?«, warf Carlos ein.

»Mich hat der Bruder des zweiten Opfers, also dieser Frau, beauftragt herauszufinden, wer seine Schwester umgebracht hat und ihm eine Nachricht zukommen ließ.«

»Was für eine Nachricht? Warum wurden wir nicht darüber informiert?« Carlos sprang von seinem Stuhl auf und stützte sich mit den Händen auf den Tisch.

»Aber dieser … ähm, wie hieß er gleich noch mal … ah, Roberto war bei euch mit der Nachricht, wurde aber weggeschickt. Deswegen hat er Jenny und mich beauftragt, um herauszufinden, wer hinter dieser Gräueltat steckt.«

»Muss ich dir alles aus der Nase ziehen? Was steht auf dem Zettel.« Mittlerweile war Carlos ganz nahe an Svens Gesicht herangekommen.

»*Tú eres el próximo*«, stammelte Sven.

Carlos schaute zu Cristiano und sagte: »Kümmerst du dich darum, bitte?«

Cristiano nickte und verließ den Raum.

»Nun wieder zu dir und zu unserem Fall hier. Wo warst du heute zwischen null und vier Uhr?«

»Stehe ich hier unter Mordverdacht, oder wie?« Sven lehnte sich zurück und verschränkte seine Arme vor der Brust.

»Quatsch. Ich muss dich das fragen, das weißt du doch genau. Also, wo warst du?«

»Zu Hause im Bett. Wo sollte ich sonst um diese Zeit gewesen sein?«

»Kann das jemand bezeugen?«

»Jenny natürlich. Wobei sie vermutlich auch geschlafen hat, genauso wie ich.«

»Sven, was wolltest du von diesem Mann? Warum hast du ihm deine Visitenkarte gegeben?«

»Nur falls ihm noch etwas einfällt, dass er mit mir Kontakt aufnehmen kann. Du kennst das doch. Du machst das doch dauernd.« Sven schaute wieder auf das Foto, von dem er sich Sekunden später angewidert abwandte. »Das sieht ja aus wie auf einem Schlachtfeld. Und was soll diese Nachricht bedeuten?« Erneut starrte er auf den Leichnam ohne Kopf. Dessen Kleidung hing in Fetzen an den Seiten herunter. Auf dem nackten Oberkörper standen die Worte ›*No lo fui*[14]‹ mit Blut geschrieben. Ein Bild von Victoria Garcia Ruíz war mit einem Messer in der Brust des Obdachlosen fixiert.

»Ich kann dir nichts über unsere Ermittlungsergebnisse sagen, das weißt du doch. Aber

---

[14]   Ich war es nicht

die Nachricht ist definitiv an uns gerichtet. Allerdings haben wir noch nicht herausgefunden, was sie zu bedeuten hat.«

»Kannst du mir wenigstens sagen, wann das passiert ist? Ich meine, ich hab gestern Abend noch mit ihm geplaudert, und heute ist er tot. Ich kann das noch gar nicht fassen.«

»Na ja, irgendwann zwischen Mitternacht und vier. Mehr kann und darf ich dir nicht sagen. Und bitte, hör auf, dich in die Ermittlungen einzumischen. Du siehst doch selbst, wohin das führt.«

Sven lachte. »Ja, auf diesen Stuhl hier. Alles klar. Kann ich jetzt gehen? Jenny wartet schon auf mich. Ich muss schließlich auch zur Arbeit.«

»Wir sehen uns ja Samstagnachmittag, oder?«

Sven stutzte kurz, nickte dann zustimmend und lächelte, als er aufstand und den Raum verließ. Noch bevor er den Haupteingang der Polizeistation erreichte, kreisten seine Gedanken um den Mord und um die Frage, was am Samstag wohl stattfinden würde. Zumindest eine davon würde ihm Jenny beantworten können, die bereits ungeduldig im Auto auf ihn wartete. Sie winkte ihm mit dem Telefon in der Hand zu und war gerade im Begriff, aus dem Wagen auszusteigen. Allerdings schaute sie nicht glücklich drein. Die Frage nach Samstag würde vermutlich noch in den Hintergrund treten müssen.

14

Jenny steckte den Chip in die Münzvorrichtung des Einkaufswagens und befreite diesen von der Kette. Sie seufzte. Einkaufen allein machte überhaupt keinen Spaß. Noch mehr beschäftigte sie die Frage, was Carlos bloß von Sven wollte.

Sie schob den Einkaufswagen aus dem Lift heraus, als ihr Handy klingelte. Das Gespräch wurde eindeutig von Svens Handy weitergeleitet. Immer wenn Sven einen Termin hatte, erstellte sie eine Rufumleitung auf ihr Handy, damit er nicht gestört wurde.

›Unbekannter Anrufer‹ stand auf dem Display, und sie nahm das Gespräch entgegen.

»*Hola? Digame. Soy Jenny*[15].«

»*Hola*. Kann ich bitte mit Sven sprechen?«, sagte ein Mann und schnaufte ins Telefon.

»Nein, im Moment nicht. Kann ich Ihnen weiterhelfen?«

»Nein, danke. Ich melde mich später nochmals.« Mit diesen Worten legte der Unbekannte auf. Jenny schaute erneut auf das Display. Es wurde bereits dunkel.

Wer war das?

In der Zwischenzeit hatte sie den Lidl betreten und beförderte verschiedene Lebensmittel in den

---

[15] Sprechen Sie. Ich bin Jenny

Einkaufswagen. Doch der Anrufer ging ihr nicht aus dem Kopf. Es könnte sich um diesen Roberto handeln. Ein starker spanischer Akzent war zumindest vorhanden gewesen. Aber warum diese Geheimnistuerei? Irgendetwas war merkwürdig gewesen an diesem Anruf. Der Mann hatte zudem ein wenig hektisch geklungen. Sie war gespannt, was Sven dazu sagen würde.

***

Jenny wartete schon gut eine halbe Stunde auf Sven. Sie stand im absoluten Halteverbot neben der Polizeistation. Sven verließ gerade die Wache, als erneut ›Unbekannter Anrufer‹ auf ihrem Display stand. Sie winkte Sven zu, stieg aus dem Auto aus und drückte ihm das läutende Telefon in die Hand. Sven nahm das Gespräch entgegen und stellte es auf Lautsprecher. Jenny und er gingen zurück zum Wagen und stiegen ein. Schließlich musste nicht jeder das Gespräch mithören.

»¿Sí?[16]«, meldete sich Sven.

»Sven? Roberto hier. Haben Sie schon von dem neuesten Mord gehört?«

»Ja, ich komme gerade von der Polizeistation. Ich habe gestern noch mit diesem Mann gesprochen«, sagte Sven und stutzte kurz, bevor er weitersprach. »Aber woher wissen Sie das?«

---

[16]   Ja?

Roberto lachte, wurde aber sofort wieder ernst. »Ich habe auch meine Quellen. Was sagen Sie dazu? Die Polizei ist doch unfähig, meiner Meinung nach. Wann beginnen Sie endlich mit Ihren Ermittlungen?«

»Wir haben bereits begonnen zu ermitteln. Machen Sie sich keine Sorgen. Ihnen wird nichts passieren.«

»Klar. Ich soll mir keine Sorgen machen. Bei den ganzen Toten, die es mittlerweile gibt, soll ich mir keine Sorgen machen? Ist auch alles einfacher gesagt als getan, was?«

Sven warf Jenny einen beunruhigten Blick zu. »Wir sind drauf und dran, den Mörder Ihrer Schwester zu finden. Auch die Polizei arbeitet auf Hochtouren.«

»Haben Sie der Polizei erzählt, dass Sie für mich arbeiten?«

Sven überlegte kurz, bevor er etwas sagte. »Nein, natürlich nicht. Ich bin an die Schweigepflicht gebunden.«

»Das ist gut. Ich hatte bei Ihnen bereits ein gutes Gefühl, als ich Sie engagiert habe. Finden Sie den Täter. Beschützen Sie mich. Ich melde mich in ein paar Tagen wieder bei Ihnen, ja? Ich tauche unter in der Zwischenzeit. Schließlich möchte ich noch ein bisschen am Leben bleiben.«

»Natürlich«, sagte Sven noch, bevor der Anruf ohne Abschiedsworte beendet wurde.

Jenny schaute ihn vorwurfsvoll an. »Wie? Du hast der Polizei nichts von Roberto erzählt? Ist das dein Ernst?«

»Aber, Schatz. Natürlich habe ich davon erzählt. Und ehrlich gesagt ist mir dieser Roberto nicht ganz geheuer. Irgendetwas stimmt mit dem nicht.«

»Der hat vorher schon einmal angerufen, als ich einkaufen war. Allerdings wollte er nur mit dir sprechen.«

»Der Obdachlose von gestern Abend, mit dem ich gesprochen habe, wurde ermordet. Ich habe das soeben von Carlos erfahren. Der Mörder hat eine Botschaft hinterlassen. Ich habe die Befürchtung, dass die Polizei im Dunkeln tappt. Es gibt keinerlei Zeugen für die Tat.«

»Lass uns zur Schule fahren und herausfinden, was es mit der Clique auf sich hat.«

»Das ist eine gute Idee, aber das müssen wir auf morgen verschieben«, sagte Sven und schaute auf seine Uhr. »In der Schule wird keiner mehr da sein. Es ist bereits kurz vor Mittag.«

»Aber die sind doch sicher nachmittags auch dort«, wandte Jenny ein.

»Lass uns zuerst mal ins Büro fahren. Wir haben einen Täter zu fangen und einen Mann zu beschützen. Das finde ich wichtiger, als herauszufinden, was es mit dieser Clique auf sich hat. Ich kann mir kaum vorstellen, dass die Jugendlichen etwas mit den Morden zu tun haben.«

Jenny nickte, obwohl sie nicht Svens Meinung war.

15

Cecilia saß mit Horst am Küchentisch, als Alicia ins Zimmer kam. »Mama, ich bleibe heute bei Ruth. Ist das okay für dich?«

Horst schaute von seinem Laptop auf und sagte: »Nein, Alicia. Es ist für *mich* nicht in Ordnung. Es rennt ein Serienmörder frei herum und bringt Leute um. Du bleibst bitte zu Hause.«

Alicia verzog ihr Gesicht zu einer Fratze. »Mama, bitte. Ich verspreche, wir bleiben bei Ruth zu Hause. Komm schon, heute ist Donnerstag. Und morgen haben wir nur vier Schulstunden. Bitte, Mama.« Sie faltete ihre Hände wie zu einem Gebet.

Cecilia atmete tief ein und aus. Ihr Mann hatte sich bereits von seinem Stuhl erhoben und schüttelte den Kopf.

»Ich sage nur ja, wenn ich dich hinbringen und auch wieder abholen kann. Und ihr beide euch nicht aus dem Haus bewegt. Haben wir uns verstanden, Alicia?« Cecilia schaute zu Horst, dessen Kopf sich rot verfärbt hatte.

»Wenn ich nein sage, dann meine ich auch nein! Das gilt für dich!«, schrie er und deutete auf Alicia. »Und auch für dich!« Sein Zeigefinger schwenkte bedrohlich hin und her und zeigte schlussendlich in Richtung

Cecilia. Dann verließ Horst fluchtartig das Esszimmer und stapfte in den ersten Stock des Hauses.

Besser ist, wenn er geht, ja.

Alicia stampfte mit dem Fuß auf. »Ihr seid gemein!« Cecilia konnte gar nicht schnell genug reagieren, da hatte ihre Tochter bereits das Zimmer verlassen, und die Haustür knallte nur Momente später ins Schloss.

Innerlich musste sie lächeln über diese Situation. Horst konnte Alicia als Tochter nicht verleugnen. Die beiden ähnelten sich vom Charakter her wie ein Ei dem anderen. Nun stand sie da und fragte sich, mit wem sie zuerst sprechen sollte, um diesen Konflikt zu lösen. Sie entschied sich für ihren Mann und ging bereits die Treppe in den ersten Stock hinauf, als ihr Horst entgegenkam.

»Hast du sie jetzt etwa gehen lassen?«, fragte er wutentbrannt.

»Nein, sie ist einfach gegangen. Bitte beruhige dich erst einmal. Ich geh sie suchen, ja?« Cecilia legte ihre Hand auf seinen Oberarm.

Er schnaufte, nickte kurz darauf und zog sich wieder nach oben zurück.

Cecilia rannte die Treppe hinunter, riss die Haustür auf und stolperte fast über Alicia, die weinend auf der ersten Stufe saß. Das Poltern des Steines, der ihr vom Herzen fiel, war unüberhörbar.

»Oh, Alicia. Da bist du ja.« Cecilia ging in die Hocke und redete auf ihre Tochter ein. »Sei doch vernünftig. Komm wieder ins Haus.«

»Nein, ganz sicher nicht. Ich bin siebzehn Jahre alt, und noch immer sagt ihr mir, was ich tun darf und was nicht. Das ist nicht fair.« Die letzten Worte wurden teilweise von einem Schluchzer verschluckt.

»Komm schon. Wir gehen rein, setzen uns hin und reden darüber.«

»Nein!«, schrie Alicia und sprang auf. »Ich lasse mir nicht mehr vorschreiben, was ich zu tun habe! Ich mache, was ich will!«

Cecilia versuchte noch, ihre Tochter am Arm zu packen, doch sie erwischte sie nicht mehr. Alicia lief die Einfahrt hinunter, und im nächsten Augenblick war sie bereits aus ihrem Sichtfeld verschwunden. Cecilia wägte ihre Möglichkeiten ab wie auf einer Waagschale. Schließlich beschloss sie, Alicia ziehen zu lassen. Sie musste sich erst einmal beruhigen. Ruth wohnte direkt in der Nähe. *Ein wenig später werde ich ihr eine WhatsApp-Nachricht schicken.* Die einzige Sorge, die sie jetzt noch hatte, war, wie sie das ihrem Mann beibringen sollte.

16

Sven und Jenny saßen bereits seit Stunden wieder in ihrem Büro und brüteten über den neuen Ergebnissen.

»Ich verstehe die Botschaft nicht«, sagte Jenny schließlich. »Was heißt ›Ich war es nicht‹? Was will der Mörder damit sagen?«

»Keine Ahnung«, meinte Sven und seufzte. »Ich verstehe es auch nicht. Aber es muss eine Verbindung zwischen allen drei Opfern geben. Sch... Schmetterling, warum habe ich den Mann nicht nach dem zweiten Opfer gefragt? Dann hätten wir zumindest gewusst, ob die sich gekannt haben.« Er stand auf und ging im Büro auf und ab. Das half ihm meistens, wenn er nachdachte. Doch heute schien es keinen Erfolg zu bringen. Dann blieb er plötzlich stehen.

Jenny schaute ihn mit großen Augen an.

»Wir müssen mehr über das zweite Opfer herausfinden«, sagte er. »Vielleicht bringt uns das auf die richtige Spur. Hast du die Adresse?«

Jenny nickte, stand auf, und fünf Minuten später waren die beiden bereits auf dem Weg zum Haus von Victoria Garcia Ruíz.

***

Sven und Jenny saßen im Auto und beobachteten die Haustür. An dieser prangte eine schwarze Schleife.

»Und du denkst, das funktioniert?«, sagte Jenny.

»Klar doch. Das funktioniert sicher. Wir haben ja einiges über sie herausgefunden, was sie in ihrer Freizeit machte. Also, warum soll das nicht klappen? Mach dir keine Sorgen. Du packst das schon.« Sven strich ihr ermutigend über die Schulter. Jenny seufzte, stieg aber aus dem Auto aus. Sven tat es ihr gleich, und so schlenderten beide dem Haus entgegen.

Er drückte auf die Klingel, und gleich darauf war im Inneren des Hauses Stimmengewirr zu hören. Kurz darauf öffnete sich die Tür, und Sven traute seinen Augen kaum. Vor ihm stand eine Frau Mitte vierzig, mit kurzen dunkelbraunen Haaren. Die blauen Augen waren rotgeweint, und es zeigten sich schwarze Ränder darunter.

»¿Sí?«, stammelte sie und wischte sich die Träne weg, die gerade ihre Wange hinunterkullerte.

Sven sah zu Jenny, der vor Schreck der Mund offen stand. Er schluckte und fand gleich darauf seine Worte wieder. »Entschuldigen Sie, Señora. Ich … ähm … wir sind gekommen, um dem Mann von Señora Garcia Ruíz unser Beileid auszusprechen.« Mehr brachte er im ersten Moment nicht heraus.

»Danke, dass Sie vorbeikommen. Kommen Sie doch herein. Mein Schwager ist im Wohnzimmer.« Bei diesen Worten musste Sven fast lachen. *Natürlich, es ist die*

Schwester. Daher die verblüffende Ähnlichkeit. Im ersten Moment hatte er wirklich gedacht, er stünde dem Opfer persönlich gegenüber.

Sie folgten der Frau und wurden von ihr ins Wohnzimmer geführt. Ein hagerer Mann empfing sie dort und setzte ein gezwungenes Lächeln auf. »Nennen Sie mich Enzo. Bitte, setzen Sie sich doch.« Ein Wink zu dem geblümten Sofa folgte.

Erst als Jenny saß, fand sie ihre Sprache wieder. »Ich bin Jenny, und das ist mein Freund Sven. Wir sind gekommen, um Ihnen unser Beileid zum Verlust Ihrer Frau auszudrücken. Ich habe Ihre Frau beim Joggen kennengelernt. Wir sind uns des Öfteren begegnet.«

»Wirklich? Dann müssten Sie doch auch ihre beste Freundin Hannelore kennen. Die beiden waren unzertrennlich. Ja, Sport war ihr Leben. Sie hat doch als Personal Coach gearbeitet und war sehr erfolgreich damit. Die Leute haben sie geliebt.« Enzo schaute zur Anrichte, auf der das Hochzeitsfoto von Victoria und ihm stand. Victoria strahlte in ihrem weißen Hochzeitskleid über das ganze Gesicht. Im Hintergrund strahlte das Meer förmlich mit.

In diesem Moment betrat Victorias Schwester den Raum, mit einem Tablett in den Händen, auf dem sich eine Kanne Kaffee befand und ebenso die dazugehörigen Tassen.

Enzo schaute sie an und sagte dann zu Sven: »Virginia ist mir eine große Hilfe in dieser schweren Zeit. Ich wüsste gar nicht, was ich ohne sie machen würde.«

Virginia hatte bereits das Tablett abgestellt und den Kaffee eingeschenkt. Nun setzte sie sich auf die Lehne des Sessels, auf dem ihr Schwager saß, und legte ihre Hand in seine.

»Sie beide sehen sich ja zum Verwechseln ähnlich«, sagte Jenny und nippte an ihrer Tasse.

»Eineiige Zwillinge eben. Mein Vater wollte immer Jungs haben. Leider blieb ihm dieser Wunsch verwehrt. Er durfte zwei Mädchen großziehen. Dafür sind wir des Öfteren zum Angeln gegangen mit ihm. Obwohl Victoria sich jedes Mal davor ekelte, den Fisch, den sie gefangen hatte, anzufassen. Mein Vater schimpfte nicht nur einmal mit ihr, als sie durch Ungeschicklichkeit und Ekel dem Fisch zur Flucht verhalf.« Virginia lachte auf, wurde aber sofort wieder ernst, und ihre Augen füllten sich mit Tränen.

»Schatz, hast du mir nicht mal erzählt, dass Victoria einen Bruder namens Roberto hat? Oder verwechsle ich da jetzt jemanden?« Sven setzte sein Pokerface auf. Er durfte sich auf keinen Fall einen Fehler erlauben, ansonsten würde ihr Lügenmärchen wie ein Kartenhaus zusammenfallen.

Jenny schwieg und zählte vermutlich die sieben Sekunden herunter. Denn das hatten sie und Sven in einem Artikel gelesen. Wenn in einem Gespräch länger als sieben Sekunden geschwiegen wurde, nahm man das als unangenehm wahr, und eine der Parteien würde dann versuchen, das Gespräch wieder aufzunehmen.

Und der Plan funktionierte bestens, denn Enzo meldete sich zu Wort. »Nein, einen Roberto kenne ich nicht. Da scheinen Sie wirklich etwas zu verwechseln, Sven.«

Tausende Fragen tauchten in Svens Kopf auf, und keine davon konnte er zu diesem Zeitpunkt stellen. »Oh, dann hab ich wirklich etwas durcheinandergebracht«, sagte er und schaute zu Jenny. »Das wird wohl eine andere Freundin von Jenny gewesen sein.«

»Du solltest mir halt besser zuhören«, erwiderte Jenny. »Darf ich Ihnen, Enzo, eine Frage stellen?«

»Natürlich, Jenny. Fragen Sie ruhig, was Ihnen auf dem Herzen liegt.«

»Weiß man schon, wer Ihrer Frau das angetan hat? Ich meine, sie war doch ein herzensguter Mensch. Und wie Sie selbst sagten, auch sehr erfolgreich und überall gemocht.«

»Die Polizei hat keinen konkreten Verdacht. Das heißt auch keinerlei Verdächtige im Moment. Schlimm. Sie meinten zwar, dass die Tat mit dem Mord an dem Obdachlosen im Zusammenhang steht und es ein Serientäter sein muss, aber ehrlich – das kann ich mir nicht vorstellen. Was sollten denn Victoria und dieser Obdachlose miteinander gemeinsam haben? Niemals hätte sie so einen in ihre Nähe gelassen.«

»Ich hoffe, die Polizei findet bald den Täter und er bekommt seine gerechte Strafe«, sagte Sven und stand vom Sofa auf. »Nochmals unser Beileid. Wir müssen jetzt leider los. Die Arbeit ruft.« Sven streckte Enzo seine Hand entgegen. Dieser erwiderte die Geste.

Als sich hinter Sven und Jenny die Haustür schloss, flüsterte Sven: »Wir müssen dringend ins Büro. Ich wusste doch, dass mit diesem Roberto etwas nicht stimmt.«

17

Cecilia notierte sich gerade die Fakten über den neuesten Mord, als ihr Telefon eine neue Nachricht anzeigte.

›Bin bei Ruth. Mach dir keine Sorgen. Wir bleiben bei ihr. Komm mich bitte morgen Mittag abholen.‹

Wenigstens meldet sich Alicia. Sie ist ein so braves Mädchen.

Viel weiter kam sie nicht in ihren Gedanken, denn Horst betrat den Raum.

»Schatz, hat sich Alicia schon bei dir gemeldet?«, fragte er. »Ich mache mir große Sorgen. Sie kann doch nicht einfach so abhauen.«

»Ja, gerade eben«, sagte Cecilia und zeigte ihm die WhatsApp-Nachricht.

Horst atmete erleichtert aus. »Ich habe überreagiert, ich weiß.« Er legte seine Hände auf Cecilias Nacken und massierte sie.

Sie genoss die Aufmerksamkeit, legte ihren Kopf leicht zurück und schloss die Augen.

»Versuchst du gerade, ein Täterprofil zu erstellen?« Horst hörte mit der Massage auf und nahm das Blatt, das auf dem Tisch lag, in seine Hände.

Cecilia öffnete ihre Augen wieder und sah ihn an. »Ja, ich bin gerade dabei, die Fälle gegenüberzustellen. Bislang habe ich keine Gemeinsamkeiten gefunden. Was ich auch sehr irritierend finde, ist diese Botschaft beim dritten Opfer, die auf deinem Foto war. Es scheint fast so, als wollte der Täter mit uns sprechen. Es muss sich hierbei um einen äußerst sadistischen Menschen handeln. Denn was für einen Grund gäbe es, einem Menschen den Kopf, die Hände und die Füße abzuhacken? Ich habe sein System noch nicht durchschaut. Einerseits die beiden Obdachlosen, andererseits die Frau aus der gehobenen Schicht. Wenn meine Theorie stimmt, dann wird es bald wieder einen Mord geben – an einer Frau. Dann haben wir zumindest ein Muster.«

»Was denkst du, wann passiert der nächste Mord?«

»Schon sehr bald. Wenn ich davon ausgehe, dass zwischen dem ersten und dem zweiten eine Woche verging und zwischen dem zweiten und dem dritten ein Tag, dann wird es vermutlich in den nächsten Stunden passieren.«

»In den nächsten Stunden? Bist du dir da sicher?« Horst starrte sie ungläubig an.

»Ja, der Täter steigert sich in seine Wut hinein und spielt nun auch mit der Polizei Katz und Maus«, antwortete Cecilia und schaute wieder auf ihre

Aufzeichnungen. »Es könnte auch sein, dass die Nachricht bedeutet, dass der Täter nicht aus der Unterschicht kommt, wie anfangs vermutet wurde. Ich werde morgen auf der Dienststelle anrufen und meine Fakten bekannt geben. Vielleicht kann ich damit ein wenig helfen.«

Horst nickte nur und verzog sich in sein Arbeitszimmer. Vermutlich, um den Polizeifunk mitzuhören, damit er als einer der Ersten am nächsten Tatort war.

***

Schlaftrunken öffnete Cecilia ihre Augen und war im ersten Moment völlig verwirrt. *Wo kam bloß dieses Geräusch her?*

Erst dann registrierte sie, dass es das Klingeln ihres Telefons war. Sie blickte auf den Wecker, der ihr mit roten Ziffern die Uhrzeit anzeige. Es war gerade 2:41 Uhr.

Doch als sie sah, wer sie aus dem Tiefschlaf gerissen hatte, war sie schlagartig hellwach. ›Alicia‹ stand auf dem Display. Sofort drückte sie auf das grüne Zeichen und stammelte in den Hörer: »Alicia, was ist los?«

Im ersten Moment hörte sie gar nichts, dann drang ein Schluchzen durch die Leitung.

»Alicia?«, schrie sie ins Telefon.

Horst hatte in der Zwischenzeit das Licht im Schlafzimmer eingeschaltet und starrte sie mit großen Augen an.

»Mama. Bitte komm her. Es ist etwas …«, brachte Alicia mit tränenerstickter Stimme hervor.

»Ich komme sofort. Bleib, wo du bist, ja?« Mit diesen Worten beendete Cecilia das Gespräch und sprang aus dem Bett.

Minuten später waren Horst und Cecilia bereits auf dem Weg zu Alicia. Sie sprachen kein Wort miteinander. Als Cecilia auf die Fahrerseite schaute, sah sie, wie Horst nervös mit seinen Fingern auf das Lenkrad klopfte. Ihr fiel aber im Moment absolut nichts ein, womit sie ihn hätte beruhigen können. Schließlich war auch sie sehr beunruhigt, was das Telefongespräch betraf. Sie hatte noch keine Ahnung, was sie bei Alicias Freundin erwarten würde.

Cecilia kam es so vor, als würde die Fahrt Stunden dauern. Die Sorge um ihre Tochter wuchs von Sekunde zu Sekunde. Als sie endlich das Haus erreichten, in dem Ruth wohnte, sah sie beide Mädchen auf dem Gehweg sitzen. Ruth hatte ihr Gesicht in ihre Hände vergraben. Das Haus selbst war hell erleuchtet. Horst blendete mit dem Fernlicht auf, und Alicia sprang wie von der Tarantel gestochen auf und rannte auf das Auto zu. Um ein Haar hätte Horst sie überfahren, wenn er nicht im letzten Moment auf die andere Straßenseite gelenkt hätte.

Nun gab es für Cecilia kein Halten mehr. Sie stieß die Beifahrertür auf und sprang aus dem noch rollenden Auto. Horst bremste abrupt ab, und der Wagen stoppte. Das Auto stand noch halb auf der Straße, doch Horst ließ es dort stehen und stieg ebenso aus.

Cecilia schloss ihre Tochter sofort in die Arme. Alicia weinte sich bitterlich an ihrer Schulter aus und war nicht fähig, auch nur ein Wort zu sagen.

»Alicia? Was ist denn passiert? Sag schon.« Cecilia strich sanft über das Haar ihrer Tochter, doch diese schluchzte nur zur Antwort. Horst kam näher. Doch Cecilia nickte in Richtung Ruth, die noch immer wie angewurzelt auf dem Gehweg saß und weinte. Horst setzte sich zu Ruth und streichelte ihr über den Rücken.

Cecilia wippte mit ihrem Oberkörper leicht hin und her, und Alicia hörte auf zu weinen. Sie zitterte am ganzen Körper. Ein Schluckauf war geblieben, der sie im Takt durchschüttelte.

»Alicia. Sag mir endlich, was los ist«, flüsterte Cecilia ihrer Tochter ins Ohr.

Alicia löste sich aus der Umarmung und schaute sie an. Das Scheinwerferlicht des Autos legte sich über Alicias Gesicht, und plötzlich sah Cecilia, dass ihre Tochter Make-up trug, das völlig verschmiert war.

Sofort begannen sich die Rädchen in ihrem Hirn zu drehen, und sie wusste genau, warum ihre Tochter geschminkt war.

Im ersten Moment wurde sie böse, und am liebsten hätte sie sie geschüttelt. Doch nur Sekunden später besann sie sich zur Vernunft. Sie musste erst einmal herausfinden, warum ihre Tochter mitten in der Nacht einen Notruf abgesetzt hatte.

»Im Haus ist keiner«, stammelte Alicia.

»Schatz, was heißt das? Ich verstehe nicht, was du mir sagen willst.«

»Ruths Mum ist weg. Weg. Verstehst du? Einfach weg.«

»Wenn ich das richtig sehe, seid ihr beiden gerade erst nach Hause gekommen. Erzähl mir, was passiert ist, als ihr ins Haus gekommen seid.«

»Ruths Mum hat uns ja nicht erlaubt fortzugehen. Somit haben wir uns rausgeschlichen. Und eben auch wieder rein. Wir sind auf Zehenspitzen nach oben gegangen, und auf der Treppe lag ein Hausschuh. Als wir im ersten Stock angekommen sind, stand die Tür vom Schlafzimmer offen, und die Nachttischlampe brannte. Ich dachte schon, jetzt gibt es eine Standpauke. Aber als wir hineinschauten, war das Zimmer leer. Das Bett war verwüstet, und einige Sachen lagen auf dem Boden. Mama, der Mörder von Diegos Mum hat auch Hannelore entführt.«

Cecilia drehte sich zu ihrem Mann. »Horst, ruf die Polizei. Ich denke, die brauchen wir hier jetzt ganz dringend.«

18

»Verdammt«, stieß Sven hervor, als er das Auto in der Tiefgarage abstellte.

»Hör auf zu fluchen. Das bringt uns auch nicht weiter.« Jenny kramte in ihrer Handtasche nach den Schlüsseln fürs Büro. Im Laufschritt stürmten beide hinauf in den ersten Stock und kamen außer Atem dort an. Jenny sperrte auf, und nur einen Augenaufschlag später kramte sie bereits in dem Haufen Papier, der auf dem Tisch lag.

»Sag mal, hast du die Kontaktdaten von diesem Roberto notiert?«, wollte Sven wissen.

»Ja, natürlich.« Jenny kramte auf dem Schreibtisch herum, hob etliche Zettel in die Höhe, bis sie den gewünschten fand und ihn Sven reichte.

Sven starrte auf das Blatt Papier. »Schau mal«, murmelte er und tippte auf die Zahlen ›629 170 815‹ in der Zeile ›Telefonnummer‹.

Jenny schaute darauf, zuckte aber nur mit ihren Schultern.

»Das ist doch klar. ›Null acht fünfzehn‹ steht hier. Die Nummer ist sicher ein Fake. Ich probiere mal, dort anzurufen.« Er zückte sein Handy und wählte die Nummer. Auch ohne Lautsprecher hörte man die elektronische Stimme, die bekannt gab, dass diese

Nummer nicht vergeben war. Sven knallte das Telefon auf den Tisch.

»Spinnst du?«, sagte Jenny. »Das Gerät kann nichts dafür. Was machen wir jetzt bloß? Ich habe auch keinen Nachnamen. Oder die Adresse. Schau mal. Er hat die Adresse von Victoria Garcia Ruíz angegeben.« Sie zeigte mit dem Finger auf besagte Zeile.

Sven nahm ihr das Blatt Papier weg. Wut stieg in ihm auf. Er zerriss den Zettel in Stückchen und ließ alles auf den Boden fallen.

»Hör auf jetzt. Bist du irre? Das ist doch ein Beweisstück!« Jenny kniete sich auf den Boden, um die Bescherung aufzuheben. Sie legte die Schnipsel zurück auf den Tisch und sah Sven böse an.

»Beweisstück? Was denn für ein Beweisstück? Das hast du geschrieben. Und den Zettel hatte er nicht mal in der Hand. Also sind da keinerlei Fingerabdrücke drauf. Aber Moment mal ...« Im nächsten Augenblick flogen die Papiere auf dem Tisch wild umher. Ein Stapel verselbstständigte sich und landete auf dem Fußboden. Die Blätter, die aus dem Papierordner gerutscht waren, lagen kreuz und quer durcheinander. Jenny stand nur regungslos da, als Sven sie ansprach: »Ich brauche ein Taschentuch oder so was in der Art. Nicht dass ich Spuren verwische.« Er zeigte auf den Brief, den Roberto gestern mit ins Büro gebracht hatte.

Jenny kramte in ihrer Hosentasche und förderte ein Kleenex zutage.

»Da sind seine Spuren drauf.« Wie einen Pokal hielt er das Schriftstück stolz in die Höhe.

»Das ist gut, dass du den Brief hast. Den brauche ich.« Es war Carlos, der ins Büro eintrat und Sven das Stück Papier aus der Hand nahm. Carlos hatte bereits einen Handschuh übergestreift und verstaute die Nachricht in einem Plastikbeutel.

»Was machst du denn hier?«, fragte Sven, der ihn nur anstarrte.

»Wegen des Bruders der Toten. Sie hatte keinen Bruder, nur eine Zwillingsschwester. Deswegen bin ich hier. Ich will alles über diesen Mann wissen.« Carlos setzte sich auf einen Stuhl und klappte sein Notizbuch auf.

»Das haben wir heute auch herausgefunden. Was soll ich dir über den Mann erzählen? Ich vermute, er ist Spanier. Dem Akzent nach zumindest, wie er Deutsch spricht. Er ist ein wenig kleiner als ich. Ich denke mal, so an die ein Meter achtzig. Er wird so um die fünfzig sein, schätze ich.« Sven überlegte, ob ihm noch etwas an dem Mann aufgefallen war.

Doch da mischte sich bereits Carlos in seine Gedanken ein. »Diese Personenbeschreibung trifft vermutlich auf jeden dritten Mann hier auf der Insel zu.

Noch etwas, was dir einfällt? Was genau war der Auftrag?«

»Er hatte Striche am Unterarm. Tätowierte Striche. Es sah aus wie bei dem Gürtel vom Schneider«, sagte Jenny. Nachdem sie von den beiden Herren nur fragende Blicke erntete, fuhr sie fort: »Das tapfere Schneiderlein? Kennt ihr nicht? Sieben auf einen Streich? Ich glaube, da waren Striche, die er in seinen Gürtel gestickt hat.«

Carlos schaute sie weiter ungläubig an und wandte sich dann an Sven. »Okay, was noch?«

»Er wollte, dass wir den Mörder seiner … Schwester finden. Die ja eigentlich nicht seine Schwester ist. Und dass wir herausfinden, wer ihm diesen Brief geschrieben hat. Mehr kann ich dir auch nicht sagen. Ich verstehe nicht, warum er gelogen hat. Der Sinn dahinter erschließt sich mir nicht ganz.«

»Mir auch noch nicht«, sagte Carlos und starrte auf die wenigen Notizen, die er sich im Laufe des Gesprächs gemacht hatte. »Wer ist dieser Roberto? Und warum hat er so ein großes Interesse an der Aufklärung der Morde?«

»Auch die Daten, die er uns gegeben hat, waren falsch«, meinte Sven. »Ich habe die Telefonnummer gerade überprüft. Und die Adresse ist die der toten Frau.«

»Aber wir haben heute mit ihm telefoniert«, sagte Jenny aufgeregt. »Er wusste von dem Mord an dem zweiten Obdachlosen. Das war, kurz nachdem Sven von dir gekommen ist. Ist doch merkwürdig, oder? Es stand noch in keiner Zeitung zu diesem Zeitpunkt.«

»Ja, wir haben eine Nachrichtensperre über den Mord bis nachmittags verhängt gehabt. Also, es kann gut sein, dass ihr mit dem tatsächlichen Mörder Kontakt hattet oder mit seinem Komplizen.«

Jenny hatte in der Zwischenzeit die Tätowierung des Mannes auf ein Post-it gemalt und reichte es Carlos. Darauf zu sehen waren fünf Striche. Vier waren senkrecht und der fünfte verlief schräg durch die anderen hindurch. »Soweit ich mich erinnern kann, habe ich zehn solcher Striche gesehen«, fügte Jenny noch hinzu.

»Was meinst du?«, sagte Sven zu Carlos. »Dass Roberto, oder wie auch immer er heißt, der Täter ist? Nein, das kann ich mir nicht vorstellen. Glaubst du, er möchte gefasst werden?«

»Ich weiß es nicht«, sagte Carlos. »Definitiv müsst ihr heute noch auf die Dienststelle kommen, damit wir eine Phantomzeichnung anfertigen können.«

19

Endlich bist du mein. Ich starrte auf die reglose Person, die in meinem Kofferraum vor sich hin vegetierte. »Du sollst es noch richtig mit der Angst zu tun bekommen«, sagte ich, während ich die Fesseln an den Fuß- und Handgelenken überprüfte, ob diese auch wirklich fest saßen. Schließlich konnte ich es mir nicht erlauben, dass dieses abartige Monster freikam. Es war schon kein Leichtes gewesen, sie zu überwältigen, die Treppe hinunterzuschleifen und in den Kofferraum zu wuchten. Aber sie nochmals einzufangen, hielt ich für noch schwieriger. Schließlich joggte sie regelmäßig und war für ihr Alter in Topform.

Die Sonne war bereits aufgegangen und streckte ihre zarten Finger aus. In ein paar Stunden würde es im Auto so heiß werden wie in einem Backofen. Momentan lag sie friedlich und leise im Kofferraum. Doch das würde sich bald ändern, wenn das Betäubungsmittel nachließ. *Sie wird sich wünschen, nie geboren worden zu sein.*

Ich freute mich einerseits auf ihr Erwachen und auf das folgende Spiel. Andererseits überlegte ich mir, wo ich die Leiche beseitigen würde. Am Strand von Maspalomas wohl nicht mehr. Ich hatte letztes Mal schon mehr Glück als Verstand gehabt. Das Polizeiauto, das auch nachts am Strand Streife fuhr, hatte mich nur um ein Haar verpasst.

20

Jenny und Sven saßen am Frühstückstisch und aßen. Gestern hatten die beiden noch angeregt über den Fall diskutiert, nachdem sie mit dem Polizeizeichner ein Phantombild erstellt hatten. Nun galt es, mehrere Fragen zu klären. Wer war Roberto? Was hatte er mit dieser Sache zu tun? War die Clique der Jugendlichen in die Morde verstrickt? Würde bald wieder eine Mutter aus dieser Gruppe verschwinden und später ohne Kopf auftauchen?

Sven biss von seinem Brötchen ab, das er sich mit Pfirsichmarmelade bestrichen hatte. Er kaute genüsslich und machte einen sichtlich entspannten Eindruck.

Macht er sich etwa keine Sorgen, dass wir auch in Gefahr sein könnten?

»Schatz?« Jenny schaute zu ihm, und an seinen Mundwinkeln klebte noch die orangefarbene Marmelade. »Was machen wir heute? Fahren wir jetzt zur Schule? Was denkst du?«

Sven schluckte den Bissen hinunter. »Ja, ich denke, das ist eine gute Idee. Vielleicht kriegen wir dort etwas heraus.«

Keine Viertelstunde später saßen beide im Auto. Jenny schaute auf Facebook und ließ sich die neuesten

Nachrichten in ihrem News Feed anzeigen. Bei einem Posting der Gruppe ›Info Gran Canaria‹ hielt sie inne und las die Überschrift, bevor sie sich den ganzen Artikel ansah. Wieder eine Entführung hier auf der Insel. Hörte das denn nie auf?

›Heute in den frühen Morgenstunden wurde Hannelore Meister aus ihrem Haus in San Agustín entführt. Augenzeugen gab es keine. Ihr Mann ist bereits auf dem Weg zurück nach Gran Canaria. Er hat sich zu diesem Zeitpunkt auf einer Geschäftsreise in Barcelona befunden. Die Polizei wurde von den Eltern einer Freundin von Meisters Tochter zum Tatort gerufen. Inspektor Carlos Muñoz Díaz gab in einer kurzen Stellungnahme bekannt, dass es sich allem Anschein nach um denselben Serientäter handelt, der bereits drei Morde verübt hat. Die Suche nach der Vermissten läuft auf Hochtouren. In dem Haus gab es Kampfspuren, die eindeutig auf eine Entführung hindeuten. Meiner Meinung nach wird es morgen früh eine weitere Leiche geben, wenn man die bisherige Vorgehensweise des Täters berücksichtigt. Ich hoffe für das Opfer und auch für Frau Meisters Familie, dass die Polizei sie aus den Fängen dieses Psychopathen befreit.‹

»Boah. Schon wieder ist eine Frau entführt worden«, sagte Jenny, als sie den Bericht zu Ende gelesen hatte.

Sven nahm seinen Blick kurz von der Straße und schaute zu ihr. »Schon wieder? Das kann doch gar nicht sein. Die Polizei hat ihre Streifen verdoppelt, und alle Leute sind wachsamer geworden. Wie kann das bloß passieren?«

»Sag mal, dieser Enzo, der Mann von dem ersten weiblichen Opfer, sagte der nicht etwas, dass die beste Freundin seiner Frau Hannelore hieß?«

»Ja, wieso? Ist sie das neue Entführungsopfer? Ist vielleicht Enzo …« Sven sprach den Satz nicht zu Ende, denn er wurde von Jenny unterbrochen.

»Ich hab mir gerade das Gleiche gedacht. Ich meine, das würde doch passen, oder nicht? Vielleicht sind er und die Zwillingsschwester von Victoria Garcia Ruíz ein Liebespaar. Und er hat seine Frau und auch ihre beste Freundin aus dem Weg geschafft. Wie die beiden Obdachlosen ins Bild passen, erschließt sich mir allerdings noch nicht so ganz.«

»Vielleicht sind die nur ein Ablenkungsmanöver«, warf Sven ein und bog bereits in die Straße ein, die zur Schule führte.

»Denkst du wirklich, Enzo könnte so grausame Morde begehen? Ich meine, du musst dir mal vorstellen, die Köpfe abzuhacken … Hat er seine Frau wirklich so gehasst?« Jenny bekam bei diesem Gedanken eine Gänsehaut am ganzen Körper, und ihr fröstelte, obwohl die Temperaturanzeige im Auto vierundzwanzig Grad anzeigte.

»Vielleicht hat er jemanden beauftragt, der das für ihn erledigt hat? Alles ist möglich. Wir werden ihn auf jeden Fall beschatten in den nächsten Tagen. Vielleicht finden wir dabei etwas raus.«

»Wir wissen ja noch nicht mal, ob es sich um dieselbe Hannelore handelt, die Enzo gemeint hat.«

»Lies mir mal den Artikel vor.« Sven parkte vor dem Schulgebäude und stellte den Motor ab.

»Das Auto steht bereits, und du kannst selbst lesen.« Jenny hielt ihm ihr Handy hin, doch Sven griff nicht danach.

»Mi cariño[17]«, sagte er und schmunzelte. »Ich liebe deine Stimme so sehr. Ich könnte dir stundenlang zuhören.«

Jenny wusste, dass Sven kein begeisterter Leser war und sie ihm schon mehrmals Kapitel aus einem Buch oder einen Artikel vorgelesen hatte. Er war einfach, wie er es zu sagen pflegte, ein fauler Hund, was das betraf. Somit seufzte sie kurz und las ihm den Artikel vor.

»Egal jetzt. Wir gehen da jetzt rein. Wir brauchen zuerst mal Informationen über die Clique.« Er zeigte auf

---

[17]   Mein Schatz

das Schulgebäude. »Und dann sollten wir herausfinden, wer diese Hannelore Meister ist. Vielleicht gibt es da wirklich einen Zusammenhang zwischen den Morden und den Teenagern.«

Sven riss seine Tür auf und war mit einem Satz draußen. Er ging bereits auf den Eingangsbereich der Schule zu, Jenny hatte Mühe, mit ihm Schritt zu halten. Gedanklich war sie noch bei seinen Worten. *Ob es da wirklich einen Zusammenhang zwischen den Morden und der Clique gibt?*

21

»Alicia?«, sagte Cecilia mit lauter Stimme. Sie stand beim Treppenaufgang in den ersten Stock und beugte sich leicht nach vorne. Doch Alicia reagierte nicht darauf. Cecilia rief nochmals ihren Namen, etwas lauter als zuvor. Daraufhin hörte sie, dass die Zimmertür geöffnet wurde.

»Ja? Brauchst du was?«

»Nein, ich rufe nur deinen Namen durchs ganze Haus, um meine Stimme zu trainieren. Kommst du jetzt runter? Wir müssen reden.« Innerlich musste Cecilia über ihren Teenager lachen, natürlich durfte sie sich äußerlich davon nichts anmerken lassen.

Sie hörte, wie Alicia missmutig die Stufen herunterstapfte, und als sie bei ihr angekommen war, wurde sie keines Blickes gewürdigt. Alicia ging an ihr vorbei und ließ sich auf einen der Stühle im Esszimmer fallen. Genervt schaute sie ihre Mutter an.

Cecilia nahm ebenso Platz. »Alicia? Was sollte das gestern? Wieso bist du davongelaufen? Was dir alles hätte passieren können. Gar nicht auszudenken.«

Alicia schwieg und starrte ihrer Mutter direkt in die Augen.

»Jetzt sprich schon mit mir, Kind.«

»Siehst du?«, sagte Alicia. »Das ist das Problem. In deinem Kopf bin ich noch ein Kind. Aber das bin ich schon lange nicht mehr. In ein paar Monaten bin ich achtzehn, und da hast du oder auch Papa mir nicht mehr zu sagen, was ich tun soll. Du kannst dich gleich daran gewöhnen. Hört auf, mich zu bemuttern.« Sie lehnte sich zurück und verschränkte ihre Arme vor dem Brustkorb.

»Du stehst noch unter Schock. Das verstehe ich auch. Es läuft ein Irrer in der Gegend herum, entführt und enthauptet wahllos Menschen. Es ist gefährlich.«

»Für mich ist es nicht gefährlich. Die Frauen sind ja nicht in meinem Alter, sondern in deinem. Also solltest du lieber aufpassen, nicht ich.« Alicias Augen funkelten. Doch im nächsten Moment veränderte sich ihr Gesichtsausdruck, und eine Träne bahnte sich ihren Weg über ihre Wange. »Es tut mir leid. Ich wollte das nicht sagen. Das ist mir so rausgerutscht.« Weinend fiel sie Cecilia in die Arme.

Alicias Worte trafen sie mitten ins Herz. Ihre Tochter hatte recht. Das war bereits die zweite Frau, die im gleichen Alter war wie sie selbst. Hatte es der Täter auf bestimmte Frauen in einem bestimmten Umfeld abgesehen?

»Alicia? Weißt du, was für einen Job Hannelore hat?«

»Sie ist Kosmetikerin in ihrem eigenen Laden. Du weißt schon, der im Einkaufszentrum Cita. Warum fragst du?« Alicia hatte ihren Kopf von Cecilias Brustkorb genommen und schaute sie mit großen Augen an.

Cecilia strich ihr die Tränen aus dem Gesicht und antwortete: »Ach, nur so. Weiß auch nicht, warum mir das jetzt eingefallen ist.«

Doch in ihrem Kopf kreisten die Gedanken wie wild. *Die Erste war ein Personal Coach. Sie wird nicht schlecht verdient haben. Und Hannelore eine Kosmetikerin mit eigenem Geschäft. Auch sie hat sicherlich genug Geld. Hat es der Täter auf erfolgreiche Frauen zwischen vierzig und fünfundvierzig abgesehen? Dann zähle ich definitiv zu seinem ausgewählten Opferkreis. Aber was hat das mit den beiden Obdachlosen zu tun? Warum wählt der Täter bewusst zwei verschiedene Schichten aus?*

Dann fiel ihr wieder ein, was sie gestern Abend noch zu ihrem Mann gesagt hatte.

Dann wird es vermutlich in den nächsten Stunden passieren.

Diese Worte hatten sich in ihre Synapsen eingebrannt und würden nie wieder in Vergessenheit geraten. Sie hatte vorhergesagt, was passieren würde, und es der Polizei verschwiegen. Sie war schuld daran, dass

Hannelore entführt worden war. Vielleicht lag sie schon an irgendeinem Strand. Kopflos. Und vielleicht war sogar sie selbst das nächste Opfer dieses irren Mörders.

»Mama? Was ist mit dir? Du bist so blass geworden. Geht es dir nicht gut?«

Cecilia rang sich ein Lächeln ab. »Alles gut, mein Schatz. Alles gut. Da du heute ja zu Hause bleibst, dachte ich mir, wir machen uns einen schönen Tag. Was hältst du davon?«

»Oh ja. Wir bestellen uns Pizza und schauen den ganzen Tag Netflix. Ich hol nur schnell mein Handy, ja?« Noch während Alicia sprach, sprang sie vom Stuhl auf und rannte fluchtartig in den ersten Stock.

Zurück blieben Cecilia und ihre Gedanken, die sich um den Mörder drehten, der sich bald ein neues Opfer suchen würde.

Ich muss eine Mail an die Polizei schreiben und meine Befürchtungen mitteilen, dachte sie noch, bevor Alicia freudestrahlend ins Zimmer zurückkehrte.

22

Bereits am Pförtnergebäude der Schule wurden Sven und Jenny abgefangen. Der Mann darin machte nicht den Eindruck, als hätte er Spaß an seiner Arbeit oder als wäre er zu Scherzen aufgelegt. Klar, er musste für die Sicherheit der Schüler sorgen. Zusätzlich war das Schulgelände von einem meterhohen Zaun umgeben und mit Videokameras gesichert.

»*Hola, buenos días*«, sagte Sven und sprach in Spanisch weiter. »Ich komme aus Deutschland und bin Lehrer für Deutsch und Biologie. Ich wollte zum Direktor dieser Schule und ihm meine Bewerbungsunterlagen bringen. Das ist meine Frau, sie ist Sportlehrerin.«

Der Pförtner beäugte ihn mit finsterem Blick, und dann ließ er seine Augen zu Jenny schweifen, wo sie ihren Kurven folgten. Seine zuerst versteinerte Miene entspannte sich zunehmend. Sven musste schmunzeln. Ja, Jennys Kurven hatten den beiden schon in manchen Situationen geholfen. Auch er selbst konnte ihnen nicht widerstehen, wenn diese sich nachts nackt an seinen …

»*¡Pasen!*[18]«, sagte der Pförtner und riss Sven somit aus seinen erotischen Tagträumen.

---

[18]   Gehen Sie durch.

Sven beobachtete Jenny, die mit einem lasziven Hüftschwung an dem Mann vorbeiging, der bei dieser Gelegenheit ihr Hinterteil begutachtete. *Du bist so eine Hexe*, dachte Sven und konnte sich ein Lächeln nicht verkneifen.

Im Schulgebäude angekommen folgten die beiden den Pfeilen, die sie Richtung Direktion führten. In den Gängen war es menschenleer, und aus den Klassenzimmern, an denen sie vorbeikamen, hörte man die Lehrer, die versuchten, ihren Schülern etwas beizubringen.

»Da vorne um die Ecke muss die Direktion sein.« Jenny zeigte auf das Schild, das von der Decke hing. »Was willst du denn sagen? Hast du schon einen Plan?«

»Plan? Wer braucht einen Plan? Ich mache das so wie immer. Ich bin ein Improvisationstalent.« Sven grinste wie ein Honigkuchenpferd.

Die beiden waren nur noch wenige Schritte von ihrem Ziel entfernt, da stoppte Jenny plötzlich. Sie starrte auf eine Korktafel an der Wand. Vermutlich handelte es sich hierbei um das sogenannte schwarze Brett, das in jeder Schule hing. Sven überflog etliche Zettel, auf denen unter anderem eine Nachhilfe gesucht und der nächste schulfreie Tag angekündigt wurde.

»Sag mal, was hast du denn Interessantes gefunden?«, sagte er schließlich zu Jenny. Sie kramte bereits in ihrer Handtasche und zog ihr Handy heraus.

»Hier«, sagte sie und tippte auf ein Blatt Papier mit einem schwarzen Rahmen rundherum. »Das ist das Mädchen.« Wie wild flogen ihre Finger über das Display, und nur Sekunden später zeigte sie Sven das Foto der Clique.

Sven nahm ihr Handy in die Hand und zoomte das Bild mithilfe von Daumen und Zeigefinger näher heran. Dann schaute er auf die Trauermitteilung. »Stimmt. Das ist das Mädchen. Sie ist vor knapp vier Wochen gestorben, steht da. Aber woran, steht da nicht. War sie vielleicht krank?«

Jenny zuckte mit den Schultern. »Lass uns das herausfinden. Aber zuerst mache ich davon ein Foto. Zumindest haben wir jetzt einen Namen. Michaela Fleischer.«

Sven betrat als Erstes die Direktion und wurde von einer kleinen rundlichen Frau empfangen, die an einem der Schreibtische saß: »Wie kann ich Ihnen helfen? Sie sprechen Deutsch, nehme ich mal an. Ich bin Frau Heimlich. Und ja, ich bin Deutsche.« Sie kicherte wie ein kleines Kind.

»Wir wollten unsere Tochter an der Schule anmelden. Aber wir haben gerade draußen am schwarzen Brett die Mitteilung gesehen, dass ein Mädchen gestorben ist. War es ein Unfall? Vielleicht sogar hier in der Schule?« Sven setzte einen besorgten Blick auf, und auch Jenny versuchte, geschockt auszusehen.

Frau Heimlich wichen die Lachfältchen aus dem Gesicht. »Nein, Gott bewahre. Kein Unfall. Das Mädchen hat sich umgebracht. Es wird gemunkelt …«, sie schaute sich nach allen Seiten um, bevor sie leise weiterplapperte, »dass sie sich wegen ihrer Mutter umgebracht hat. Sie müssen sich vorstellen, diese starb ein halbes Jahr vorher an Krebs. Ich glaube, die Kleine hat das nicht verkraftet, und auch der Vater war nicht ganz sauber im Kopf. Meiner Meinung nach hatte der ebenfalls einen psychischen Schaden dadurch erlitten. Kein Wunder, es kam alles so urplötzlich. Schreckliche Geschichte.«

»Ja, sehr schrecklich.« Sven war der Erste, der auf diese Neuigkeit reagieren konnte. Jenny war mal wieder der Mund offen geblieben, und sie rang nach Luft.

»Alles in Ordnung mit Ihrer Frau?«, fragte Frau Heimlich und legte ihre Hand auf Jennys Unterarm.

»Ja, mir geht es gut. Wie furchtbar. Diese Schicksalsschläge sind nicht einfach zu verkraften. Es tut mir leid, sie erschreckt zu haben. Ich bin einfach sehr sentimental. Mein Mann lacht immer über mich, weil ich bei jedem Film heule.« Jenny lächelte sie an.

»Ja, ich kenne das nur zu gut. Aber nun lassen Sie mich die Formulare für Ihre Tochter holen. Die können Sie mit nach Hause nehmen. Eine Broschüre gebe ich Ihnen noch zusätzlich mit. Da steht viel Informatives drin.«

Sven nickte. *Selbstmord also. Deswegen war sie die letzten Wochen nicht mehr auf den Fotos der Clique zu sehen. Das erklärt einiges, wenn auch nicht alles.*

23

»Ach, Mama. Du hast mir versprochen, dass wir uns einen schönen Tag machen. Warum musst du jetzt weg?« Alicia schaute sie mit flehendem Blick an.

»Ich habe dir doch schon gesagt, dass ich auf die Polizeiwache muss. Es dauert auch nicht lange. Ich verspreche es dir.« Cecilia drückte ihrer Tochter einen Kuss auf und verschwand aus dem Haus. Auf dem Weg ins Polizeirevier von Playa del Inglés machte sie sich bereits die ersten Gedanken über den dringlich klingenden Anruf von Inspektor Carlos Muñoz Díaz. Hatte sie etwa recht mit ihrem Täterprofil? Wurde sie deswegen darum gebeten, schleunigst zu kommen?

Kurze Zeit später stellte sie ihr Auto auf dem Parkplatz ab und schritt ins Polizeirevier. Dort angekommen fragte sie nach dem Inspektor, und wenige Minuten später saß sie in seinem Büro.

Er war ein großer, stattlicher Mann, vom Alter her schätzte sie ihn auf Ende fünfzig. Zumindest deuteten seine silbernen Haare darauf hin.

»*Buenas tardes, Señora Sanchez Pérez.* Kommen wir gleich zur Sache. Sie haben uns heute eine Mail geschrieben mit einer vorläufigen Einschätzung zum Täterprofil. Ist das richtig?«

»Nennen Sie mich bitte Cecilia. Dann ist es nicht so förmlich. Und um Ihre Frage zu beantworten: Die Antwort ist ja.«

»Und worauf bauen Ihre Einschätzungen?«, sagte Carlos und schaute Cecilia an. »Ich meine, haben Sie eine Ausbildung auf diesem Gebiet? Sie wissen sicher, dass ich keinen Außenstehenden zu dem Fall hinzuziehen kann.«

Auf diese Frage hatte Cecilia bereits gewartet. »Ich habe in Deutschland eine Ausbildung zur polizeilichen Fallanalytikerin absolviert.«

Carlos zog eine Augenbraue hoch, dann lächelte er sie an. »Also, wenn ich das richtig verstehe, dann sind wir fast Kollegen. Ich nehme an, in Ihrer Mappe, die sie mir mitgebracht haben, werden Zertifikate sein, die das belegen. Wenn das so ist, würde ich mich sehr freuen, Sie in meinem Team willkommen zu heißen.«

»Danke. Ja, das sind meine Unterlagen. Selbstverständlich können Sie auch gerne meinen Ausbilder anrufen, um eine Bestätigung einzuholen«, sagte Cecilia, aber Carlos schüttelte den Kopf. Somit redete sie weiter: »Wurde die Leiche der zweiten Frau, Hannelore Meister, bereits gefunden?«

»Nein, bisher noch nicht. Die erste Frauenleiche wurde drei Tage nach der Entführung gefunden. Hannelore Meisters Verschwinden ist noch keine vierundzwanzig Stunden her. Warum denken Sie, dass der Täter die Frau bereits umgebracht hat?«

»Wie Sie wissen, habe ich keinerlei Akteneinsicht. Ich kann mir nur aus den Fakten, die mir bisher zu Ohren gekommen sind, ein Bild machen. Und da die Zeitspanne zwischen dem zweiten und dem dritten Mord gerade mal einen Tag beträgt, gehe ich davon aus, dass sich die Wut des Täters steigert und er ein schnelleres Tempo vorlegt.«

Carlos schaute sie mit einem eindringlichen Blick an. »Wenn ich Ihnen die Akteneinsicht verschaffe, wie schnell könnte ich von Ihnen Ergebnisse bekommen?«

»Binnen ein paar Stunden«, sagte Cecilia und hoffte inständig, dass sie das auch schaffen würde. »Zumindest kann ich Ihnen erst einmal einen groben Überblick geben, wenn ich alle Fakten gesichtet habe.«

»Darf ich fragen, warum Sie an diesem Fall so großes Interesse haben?«

Cecilia stutzte im ersten Moment. »Ähm … wissen Sie, das erste weibliche Opfer, Victoria … sie ist die Mutter von einem Freund meiner Tochter.«

Carlos sah sie verwundert an. Er kratzte sich am Kinn und überlegte kurz. »Das heißt, Sie kennen beide weiblichen Opfer? Sehe ich das richtig? Warum haben Sie mir das nicht bereits heute früh gesagt?«

Cecilia wurde mulmig zumute. Natürlich hätte sie das sagen müssen. Doch die Einsicht kam Stunden zu spät. Und ehrlich gesagt hatte sie nicht darüber nachgedacht. Schließlich hatte sie in ihrem Morgenmantel mitten auf der Straße gestanden und ihre weinende Tochter im Arm gehalten. »Ich hielt es in diesem Moment nicht für wichtig genug. Und es war mitten in der Nacht. Ich hatte andere Sorgen, als Ihnen diese Kleinigkeit zu erzählen.«

Carlos schaute auf den Ausdruck der Mail, dann kramte er in den Akten, die vor ihm lagen. »Ich will Sie nicht beunruhigen, aber Sie wissen, dass beide Frauen in Ihrem Alter waren? Und Sie kannten beide. Der Täter stammt anscheinend aus Ihrem Umfeld.«

»Ja, das ist mir auch aufgefallen. Keine Sorge, ich kann gut auf mich aufpassen. Und dass der Täter aus meinem Umfeld kommt, kann ich mir nicht vorstellen. Beide Frauen kannte ich nur vom Sehen her. Meine Tochter ist mit deren Kindern befreundet. Von der Schule her, Sie verstehen? Und der Mord an den beiden Obdachlosen passt hier überhaupt nicht rein.«

Carlos nickte, sein Gesichtsausdruck verriet ihr allerdings, dass er ihr nicht ganz glaubte. »Wenn es Ihnen nichts ausmacht, dann würde ich Sie nun ins Besprechungszimmer bitten. Dort lasse ich Ihnen alle

Unterlagen bringen. Und alles, was Sie sonst noch benötigen.«

Er führte Cecilia ein paar Büros weiter, und knappe zehn Minuten später hatte sie bereits alle Akten auf dem Tisch inklusive einer Tasse Kaffee. Sie sah sich als Erstes die Tatortfotos an. Grausame Morde. Laut Gerichtsmedizin waren die Enthauptungen und die Verstümmelungen der Extremitäten mit einem Hackebeil durchgeführt worden. Der Täter musste ein Mann sein, denn man benötigte viel Kraft, um die Muskeln und Sehnen zu durchtrennen. Cecilia war völlig in ihre Arbeit vertieft, sodass sie das Klopfen an der Tür nicht wahrnahm.

»*Hola, Señora* Sanchez Pérez. *Me llamo*[19] Sarah Österreicher.« Sarah streckte ihr die Hand entgegen und lächelte freundlich.

»*Hola*, Sarah. Nennen Sie mich bitte Cecilia. Sie können gerne Deutsch mit mir sprechen.« Cecilia drückte ihre Hand zur Begrüßung. Beide Frauen setzten sich.

»Carlos meinte, ich soll Sie unterstützen. Also, was kann ich tun?«

»Den Zusammenhang zwischen den Mordopfern finden. Es muss einen Zusammenhang geben.« Cecilia stand auf und schrieb die Namen der vier Opfer auf das

---

[19]   Ich heiße

Flipchart. Dann verband sie die Namen der beiden Frauen miteinander und schrieb das Wort ›Freundinnen‹ über den Strich. Danach verband sie die Namen der Männer miteinander und schrieb auch hier ›Freunde‹ darüber. Im Anschluss malte sie in der Mitte einen Kreis, in dem sich beide Striche trafen. »Genau hier ist der Schlüssel. Und den müssen wir finden. Was haben alle vier gemeinsam?«

»Vielleicht sollten wir tiefer in der Vergangenheit der vier graben. Ich meine, die beiden Männer sind vermutlich nicht schon ewig obdachlos. Vielleicht kennen sich die vier von früher.«

»Ist ein Anhaltspunkt«, sagte Cecilia, allerdings war sie selbst nicht davon überzeugt. Ein Obdachloser und Hannelore waren deutsche Staatsbürger. Deutschland war allerdings groß. Und da wäre noch das Problem, dass Victoria Spanierin war und der andere Obdachlose Norweger. Wo sollten sich im Laufe der Jahre ihre Wege gekreuzt haben? Und vor allem, wen hatten die vier damit so wütend gemacht, dass er sie dermaßen bestialisch bestrafte?

24

»Hast du schon etwas gefunden?«, fragte Sven und schaute durch sein Fernglas auf die Eingangstür mit der schwarzen Schleife. Erst seit wenigen Minuten beobachteten die beiden das Haus von Victoria und Enzo. Jenny surfte im Internet nach brauchbaren Informationen über Michaela Fleischer, das Mädchen, das vor mehr als vier Wochen Selbstmord begangen hatte.

»Ich habe bisher nicht viel gefunden. Sie hat Medikamente geschluckt, angeblich eine ganze Packung Schlafmedis, und ihr Vater hat sie am nächsten Tag tot in ihrem Bett gefunden. Und das mit ihrer Mutter steht auch in dem Bericht. Aber mehr nicht. Die Sache war anscheinend nicht interessant genug für die Medien, dass man darüber berichtet, wenn ein Teenager sich selbst umbringt.«

»Das ist die heutige Zeit. Alles ist nur auf Profit ausgelegt. Was ist mit dem Vater? Ist der noch auf der Insel?«

»Ja, anscheinend schon. Die beiden sind erst vor gut einem halben Jahr, kurz nach dem Tod der Mutter, hierhergezogen. Ich nehme mal an, es war als Neuanfang geplant. Zumindest macht das auf mich so den Anschein.«

»Verfickte Scheiße. Das ist eine Sackgasse. Das Mädchen bringt uns auch nicht weiter. Das war vergeudete Zeit, einem Phantom hinterherzujagen.« Sven schaute zu Jenny, und dort erntete er einen bösen Blick. Sofort bekam er ein schlechtes Gewissen. »Verschmetterling Butterfly meinte ich.« Er lächelte verschmitzt, was auch sie zum Lachen brachte.

»Interessante Wortkombination. Das solltest du dir urheberrechtlich schützen lassen.« Plötzlich zeigte Jenny mit ihrem Zeigefinger auf das Haus, wo soeben ein junger Mann durch den Türrahmen trat. Diego hatte einen Motorradhelm in der Hand, verschwand um die Hausecke, und nur eine Minute später fuhr er die Straße entlang Richtung Maspalomas.

»Nichts wie hinterher«, sagte Sven. »Vielleicht können wir mit ihm sprechen.«

»Du wieder. Willst du zu ihm hingehen und fragen: Hat dein Vater ein Verhältnis mit deiner Tante? Und noch viel wichtiger: Ist dein Vater der Mörder deiner Mutter und der Entführer ihrer besten Freundin?« Jenny verstellte dabei ihre Stimme.

Sven schmunzelte. »Gute Idee, so machen wir das.«

»Ich hab eigentlich keine andere Antwort erwartet. Du bist doof. Ehrlich.« Sie schnaufte.

»Weißt du eigentlich, dass dein ›du bist doof‹ eine Liebeserklärung ist? Das ist so wie ›fahr vorsichtig‹.« Er sah ihr Gesicht von der Seite. Sie versuchte, keine Miene zu verziehen, aber ihre Fältchen an den Augen verrieten sie. Sie erwiderte kein Wort.

Der Jugendliche auf dem Moped, zwei Autos vor den beiden, bog auf den Parkplatz direkt am *Parque del Sur* ab. Sven verringerte seine Geschwindigkeit und folgte ihm. Dann hielt er an einem der ersten freien Parkplätze. Der junge Mann hatte sein Moped offenbar weiter vorne abgestellt und war gerade im Begriff, in den Park hineinzugehen.

Sven stieg aus, und sobald Diego aus seinem Sichtfeld verschwunden war, rannte er los. Jenny folgte ihm. Am Tor angekommen blickte er sich suchend um, sah ihn aber nicht.

»Du gehst dahin«, sagte er und wies mit seiner Hand den rechten Weg entlang. »Ich geh hier lang. Wenn du ihn hast, dann ruf mich an, ja?«

Jenny nickte, winkelte ihre Arme an und joggte los. Sven rannte in die entgegengesetzte Richtung, ebenfalls joggend. Schließlich durfte er auf keinen Fall auffallen. Durch seine kurze Hose und die Sportschuhe sah er fast so aus wie einer der unzähligen Jogger, die ihm im Park entgegenkamen. Schon nach wenigen Metern rannen ihm die Schweißperlen über die Stirn. Kein Wunder, es war doch bereits nachmittags und die Sonne hatte ihren Höhepunkt an Hitze erreicht. *Nie werde ich verstehen, wie man um diese Zeit joggen kann. Und das auch noch freiwillig.*

Wieder sah er sich um, doch von Diego war keine Spur zu sehen.

Das gibt es doch nicht. Hat der sich in Luft aufgelöst?

Doch plötzlich erblickte er ihn inmitten einer Gruppe aus Mädchen und Jungen, die einige Meter von ihm entfernt auf der Wiese unter einem Baum saßen. Er griff in seine Hosentasche, holte sein Handy hervor und wollte gerade Jennys Nummer wählen, da klingelte es bereits.

»Ich hab ihn«, keuchte Sven ins Telefon.

»Ja, ich seh ihn auch, aber dich nicht.«

»Wir werden uns einige Meter von der Clique einen Platz suchen. Weit genug weg, um nicht auffällig zu sein, aber nah genug dran, damit wir auch hören können, was die miteinander sprechen.« Mit diesen Worten beendete er das Gespräch. Er hatte Jennys Standpunkt ausgemacht und wies sie mittels Handzeichen an, ihm zu folgen.

Momente später saßen Sven und Jenny im Gras und verfolgten das, was sich ein paar Meter vor ihnen tat. Allerdings war außer viel Gelächter nichts Interessantes zu hören.

»Und was sollen wir jetzt hier?«, fragte Jenny. »Außer diesem typischen Teenagergehabe ist hier nichts.«

»Ich weiß nicht«, sagte Sven und blickte wieder zu den Jugendlichen hinüber. Ein Mädchen mit kurzem Rock schüttete gerade einem anderen Mädchen eine Flasche Cola über den Kopf. Ein Junge sprang auf und machte ein Foto mit seinem Handy. Das Mädchen reagierte kaum und ließ sich die Aktion mehr oder minder gefallen. »Hast du eine Ahnung, wer dieses Mädchen ist?«

Jenny holte ihr Handy hervor und schaute auf das Foto, das sie von der gesamten Clique hatte. Kurz darauf schüttelte sie den Kopf.

Sven sah sich das Spektakel weiterhin an. In der Zwischenzeit war Diego auf das Mädchen zugegangen und hatte seinen Arm um sie gelegt. Dann drückte er ihr einen Kuss auf die Wange. Das Mädchen dankte ihm für diese Geste mit einem Lächeln.

»Ich denke nicht, dass wir hier noch etwas Vernünftiges herausfinden können«, meinte Jenny. »Das ist doch Kindergarten, was die da machen. Das Mädchen tut mir leid, aber Kinder und Jugendliche sind nun mal unerbittlich und sehr grausam.«

»Ja, da hast du wohl recht. Wir werden zurück zum Haus fahren und mal nachsehen, wer dort alles ein und

115

aus geht. Ich sag dir eines: In der Ehe von Enzo und Victoria gab es große Probleme, und er hat sich in ihre Zwillingsschwester verliebt. Er hat seine Frau getötet, ihre beste Freundin entführt und wird diese auch noch umbringen, damit sie den Mund hält. Du wirst schon sehen, dass ich recht habe.«

»Das sind Hirngespinste. Schon mal was von Scheidung gehört?« Jenny schüttelte ihren Kopf.

In diesem Moment klingelte Svens Telefon – ›Unbekannter Anrufer‹ stand auf dem Display.

25

Die Sonne knallte auf den Kofferraum des Wagens nieder. Ohne Erbarmen. Ich hatte das Auto so geparkt, dass das Heck den ganzen Tag die volle Hitze abbekam, die mir unser heißer Planet heute so bieten würde. Natürlich stand der Wagen zusätzlich auf Asphalt, der sich an sonnigen Tagen gut und gerne auf fünfzig Grad und darüber aufheizte.

»Dann wollen wir mal sehen, ob der Braten schon durch ist«, sagte ich zu mir selbst und rieb mir die Hände. Allein der Gedanke daran, dieses Wesen, diese erbärmliche Kreatur wimmernd vorzufinden, ließ mein Herz höher springen. Bei der anderen hatte ich das gar nicht so ausgekostet. Aber man lernte eben dazu. Ich hoffte nur, dass sie noch nicht tot war. Den Verwesungsgeruch würde ich nie wieder aus dem Auto bekommen. Oder wann fing eine Leiche an zu stinken? Und das mit den Insekten, die sich dann wohlig auf dem toten Fleisch ausbreiteten. Ich schüttelte den Kopf, um meine aufkommenden Gedanken loszuwerden. Mir standen bereits die Haare zu Berge.

Ich schritt aus dem Haus, doch nicht ohne meinen Sonnenhut aufzusetzen. Ein Poltern war zu hören. Ganz kurz und ganz leise. Ich verharrte in meiner Position und lauschte. Nichts. Vielleicht war es nur eine

Täuschung gewesen? Ich setzte den nächsten Fuß nach vorne, und bevor dieser auf dem Boden ankam, hörte ich das Geräusch wieder.

Irgendwie war ich erleichtert, dass sie noch lebte. Mit dieser Erleichterung fielen auch die Larven von mir ab, die ich mir vorgestellt hatte, wie sie sich auf ihr wanden. Was natürlich reiner Blödsinn war. Nach dieser kurzen Zeit würden sich noch keine weißen Dinger an ihr laben. Da hatte mir meine Fantasie wohl einen Streich gespielt. Ich lachte laut auf.

Der Kofferraum öffnete sich, und ein Gestank nach Urin, geballt mit einem heißen Schwall wie in einer Sauna, schlug mir mitten ins Gesicht.

Scheiße, jetzt hat diese Sau sich auch noch eingepisst!

Während ich mir das wimmernde Etwas vor mir ansah, das unverständliche Worte murmelte, überlegte ich, ob ich diesen Geruch nicht mit einem Reiniger wegbekäme. Diesen, den man auch bei Haustieren verwendete, wenn sie im Haus ihr Geschäft verrichtet hatten. Ich hing noch meinen Gedanken nach, da wurden ihre Worte lauter. Sie drängten sich mir förmlich auf. »Wasser ... bitte«, sagte sie und versuchte, sich aufzusetzen.

In diesem Moment sah ich es. Der rote Fleck, der mitten auf ihrer Hand thronte, und je länger ich ihn mir ansah, umso mehr beschlich mich das Gefühl, dass er mich verhöhnte. Rote Bläschen hatten sich bereits ringsherum gebildet, und es sah fürchterlich aus. Es würde mein Gesamtkunstwerk zerstören. Frustriert schlug ich den Deckel zu und holte mir aus dem Haus ein Tuch, das ich Momente später schützend über ihre Hände legte. Vorsorglich hatte ich dieses mit lauwarmem Wasser benetzt. Schließlich wusste doch jeder, dass man eine Verbrennung nicht mit kaltem Wasser behandeln sollte. Das hinterließ im schlimmsten Fall Narben. Und ehrlich? Weder Wunden und schon gar keine Narben wollte ich auf meinem Kunstwerk sehen.

26

»Was ist mit diesem Roberto, der Sven Wagner engagiert hat? Ist das alles, was wir über den haben?« Cecilia hielt Sarah das Blatt Papier hin. Darauf standen nur wenige Worte.

»Wir müssen abwarten, bis er sich nochmals bei Sven meldet. Wir haben eine Fangschaltung auf dem Handy eingerichtet. Den Kerl kriegen wir.«

Cecilia sah auf den Zettel und seufzte. »Wobei ich mir nicht vorstellen kann, dass dieser Typ der Mörder ist. Einen Mörder, der der Polizei hilft bei der Aufklärung seines eigenen Verbrechens, gab es ja schon zur Genüge. Aber in diesem Fall bezahlt der einen Privatdetektiv ...«

»Wer weiß schon, was im Kopf eines Psychopathen vor sich geht?«, sagte Sarah und strich sich eine Haarsträhne aus dem Gesicht.

Cecilia starrte wieder auf das Flipchart. Der Kreis wirkte wie hypnotisierend auf sie.

»Ich glaube nicht, dass es sich hierbei um Zufallsopfer handelt.« Sie hörte Sarahs Worte, die nur dumpf in ihr Hirn drangen.

»Zufall mit Sicherheit nicht«, meinte Cecilia schließlich. »Ich überlege gerade: Was ist, wenn es hier um Gesellschaftsschichten geht? Also die untere

Schicht ist der gleiche Abschaum wie die obere Schicht? Beide Frauen waren beruflich sehr erfolgreich und ihr Lebensstandard daran angepasst. Alles nur vom Feinsten. Und die Männer haben wortwörtlich von der Hand in den Mund gelebt. Vielleicht ist das der Zusammenhang zwischen den vieren?«

»Ein Mörder, der Menschen tötet, weil sie in verschiedenen Schichten leben? Wirklich?« Sarah schaute sie mit einem verwunderten Blick an. »Aber wie hat er seine Opfer ausgewählt?«

Noch bevor Cecilia antworten konnte, klopfte es an der Zimmertür. Carlos trat ein und hielt einen Aktenordner, den er Cecilia in die Hand drückte. Sie schaute sofort nach, welche neuen Informationen Carlos für sie hatte. Das erste Bild zeigte einen Waldboden. Darauf lag ein Kaninchen ohne Kopf und Pfoten. Auf dem nächsten Foto war ein Podenco[20]. Ebenfalls im Wald. Und auch ohne Kopf und Pfoten. Sie blätterte weiter und legte alle Fotos der Tiere in einer Reihe auf den Tisch.

»Was halten Sie davon?«, fragte Carlos. »Ist es möglich, dass es da einen Zusammenhang gibt?«

»Ja«, sagte sie und seufzte. »Von wann sind diese Fotos?«

---

[20]   windhundähnlicher Jagdhund

»Zwischen 1996 und 2005. Also die vom Wald. Und dieses Tier hier« er zeigte auf eine Rieseneidechse, die auf Steine gebettet war, »wurde am Strand von Arinaga angespült. Das war im Jahr 2006. Der Täter wurde nie gefasst.«

»Ganz klarer Fall«, erwiderte Cecilia. »Unser Mörder hat hier geübt. Ich gehe mal davon aus, dass auch hier ein Hackebeil zum Einsatz kam. Und noch etwas ist für mich nun klar. Die Morde an den Menschen waren lange vor der Umsetzung geplant. Wir suchen einen Mann im Alter zwischen fünfunddreißig und fünfzig Jahren. Von der Statur her muss er kräftig sein, da er ja zumindest die Frauen aus den Häusern entführt hat. Wobei ich einen Fitnessstudiobesucher ausschließe, da er eher in sich gekehrt ist. Er lebt zurückgezogen, vermutlich allein, also ohne Partner, und projiziert seine Wut ausschließlich auf die ausgesuchten Opfer. Er wurde nur von einem Elternteil großgezogen. Das andere starb sehr früh. Er muss noch jung gewesen sein.«

»Worauf stützen Sie Ihre Aussage?«, fragte Carlos und nahm auf einem der Stühle Platz.

»Es muss einen Grund gegeben haben, warum er seine Ablageorte verlegt hat. Ich vermute, dass der Mörder erst ab 2006 ein Auto hatte. Und somit erst dann testen konnte, wie sich ein Körper im Wasser verhält. Es kann sogar sein, was ich im Moment nicht ausschließen kann, dass der Täter die toten Tiere anfangs im Wald vergraben hat und erst später dazu überging, diese einfach abzulegen. Und diese Nachricht auf dem letzten Toten bedeutet vermutlich, dass er kein Obdachloser ist.«

»Eine Suche nach der Nadel im Heuhaufen«, sagte Sarah und stöhnte.

27

Sven nahm das Gespräch entgegen und versuchte, ganz gelassen zu klingen. Carlos hatte gesagt, er müsse ihn sechzig Sekunden in der Leitung halten, dann könnten die Techniker den Aufenthaltsort lokalisieren.

»Hallo? Roberto?«, sagte Sven, und sein Herz klopfte so stark gegen seinen Brustkorb, dass er befürchtete, es würde gleich hinausspringen.

»*Hola,* Sven. Wie weit sind Sie mit Ihren Ermittlungen? Ich befinde mich gerade in Madrid am Flughafen.«

»Ach, wir waren an einer Spur dran, die ist aber im Sande verlaufen. Wir verfolgen jetzt eine andere Spur.«

»Welche Spur ist denn die falsche gewesen? Die mit dem toten Mädchen oder die mit der Clique der Jugendlichen?«

Sven stockte der Atem. Woher wusste der bloß so gut Bescheid? Das konnte doch alles nicht wahr sein!

»Äh … aber woher …«, sagte Sven noch, doch Roberto unterbrach ihn mitten im Satz.

»Ich muss leider Schluss machen. Sie wissen doch – tick tack, die Uhr läuft. Ich melde mich bei Ihnen, ja?«

Dann klickte es in der Leitung. Roberto hatte aufgelegt. Sven schaute entgeistert auf das Telefon. Er konnte es nicht fassen, was Roberto gerade gesagt hatte.

»Sven?«, sagte Jenny. »Was ist los? Was soll das alles? Ist das ein Spiel?«

Doch Sven kam nicht dazu, eine Antwort zu geben, sein Handy klingelte bereits wieder. ›Carlos‹ stand auf dem Display. Mit zittrigen Fingern nahm er den Anruf an. »Hast du das gehört?«, stammelte Sven.

»Ja, wir konnten den Aufenthaltsort nicht genau bestimmen, aber er muss in der Nähe der Markthalle in San Fernando sein.«

Sven fiel vor Schreck das Handy aus der Hand, und es kam unsanft auf dem Boden auf. Er fixierte den großen ovalen Kreisverkehr, der sich direkt vor der Markthalle befand. Dieser war gute hundert Meter von ihnen entfernt. Plötzlich drehte er sich um die eigene Achse. Seine Gesichtszüge waren verhärtet. »Der Scheißkerl könnte direkt neben uns stehen, und wir würden es nicht bemerken. Er hat uns die ganze Zeit beobachtet. Was ist das bloß für ein krankes Arschloch?«

Jenny war ganz nah an Sven herangetreten. Auch sie blickte sich nach allen Seiten um und schaute ihn schlussendlich ängstlich an. »Das heißt …«, stotterte sie. »Er ist in unserer Nähe? Wir müssen sofort hier weg.« Sie drehte sich um und schritt geradewegs zum Auto.

125

Sven packte sie, als er sich endlich aus seiner Starre lösen konnte, am Oberarm und hielt sie fest. »Spinnst du? Wir können auf keinen Fall mit dem Auto irgendwohin fahren. Wer weiß, vielleicht hat der Irre eine Bombe unterm Auto platziert oder die Bremsen manipuliert?« Er spürte, wie sich Jenny bei seinen Worten verkrampfte. Die Verzweiflung stand ihr förmlich ins Gesicht geschrieben.

»Aber ... aber ...«

Svens Handy läutete wieder, einige Schritte von den beiden entfernt auf dem staubigen Boden. Er rannte darauf zu und nahm das Gespräch entgegen.

»Sven, was ist los?«, fragte Carlos am anderen Ende der Leitung. »Wieso wurde das Gespräch so abrupt unterbrochen?«

»Wir sind im *Parque del Sur*. Also muss uns dieses Arschloch überwachen. Wir sind in Gefahr!«

»*¿Qué?*«, brüllte Carlos ins Telefon. »Ich komme sofort. Bewegt euch keinen Meter. Oder doch. Sucht euch einen Platz, an dem sich mehrere Menschen aufhalten.«

Sven nickte, doch ihm wurde augenblicklich bewusst, dass Carlos dieses Nicken nicht sehen konnte, daher antwortete er: »Ja, okay.« Er steckte sein Telefon in die Hosentasche, nahm Jenny an die Hand und verschwand mit ihr in den Park. Die Angst saß ihm im Nacken. Der

Mörder konnte überall auf sie warten. Und was dann mit ihm und Jenny passieren würde, wollte er sich gar nicht ausmalen.

28

Die Sonne ging gerade unter und tauchte den Himmel in ein dunkles Orange, bevor sie wenige Minuten später komplett hinter dem Horizont verschwand. Ich startete den Wagen und fuhr mit dem Heck zuerst in die Garage. Den Motor ließ ich gleich laufen, denn nun durfte ich keine Zeit mehr verlieren. Ich musste mir mein nächstes Opfer holen. Doch erst einmal wuchtete ich den leblosen Körper aus dem Kofferraum und schwang ihn mir über die Schulter. Sie war klatschnass, und sie stank nach Fäkalien. Mir stieg es bei diesem Geruch sauer die Speiseröhre hoch, somit hielt ich die Luft an und versuchte, an Wälder und frische Luft zu denken. Mit der rechten Hand öffnete ich die Klappe der Gefriertruhe, und nur einen Augenaufschlag später ließ ich sie bereits in ihr vorübergehendes, kaltes Grab plumpsen. Als ihr Körper auf dem Boden aufschlug, stöhnte sie leise auf. *Scheiße, die lebt ja immer noch! Jetzt muss ich die Gefriertruhe abschließen.*

Ich ließ den Deckel zuknallen und schaute mich hoffnungsvoll in der Garage um. Irgendetwas musste es doch geben, damit sie sich nicht befreien konnte. Und da kam mir der Blitzeinfall. Ich schnappte mir die Kanister mit Wasser und stellte sie auf den Deckel. Zusätzlich verkeilte ich mit einem Besenstiel den kleinen Hohlraum zwischen der Gefriertruhe und der Mauer. Ich kam mit meinem Mund ganz nahe an ihr Grab heran und flüsterte: »Hier kommst du nicht mehr raus.« Meine Mundwinkel zogen sich automatisch nach oben, und ich brach in schallendes Gelächter aus.

Als mein Blick auf die Uhr fiel, verstummte ich und ermahnte mich in Gedanken zur Eile. Ich musste meinen Plan weiterverfolgen. Vier standen noch auf meiner Liste. Bereits am Nachmittag hatte ich mir den Kopf zerbrochen, wo ich den Körper ablegen könnte. Doch eine wirklich gute Idee hatte ich nicht gehabt. Bei den Dünen war keine Option mehr.

29

»Ich muss jetzt leider wirklich los. Fast hätte ich vergessen, dass ich heute noch einen Termin habe.« Cecilia räumte bereits ihre Sachen in die Handtasche und stand auf.

»Ich werde die Daten, die wir gesammelt haben, in unserem System abgleichen. Mal sehen, ob wir einen Treffer bekommen.« Sarah erhob sich ebenfalls.

»Vermutlich mehrere Treffer. Aber ich komme morgen wieder. Dann können wir uns gemeinsam die Profile ansehen.«

»Ja, das wäre gut. Allerdings bin ich morgen nur am Vormittag da. Wir haben nachmittags Freunde zu Besuch.« Sarah begleitete Cecilia noch zur Tür, bevor sich ihre Wege trennten.

Schon auf dem Weg zu ihrem Auto beschlich Cecilia das Gefühl, ein Stück des Puzzles übersehen zu haben. Sie dachte nochmals scharf nach und ließ die letzten Stunden Revue passieren. *Zwei Männer, zwei Frauen. Immer abwechselnd aus zwei gegensätzlichen Gesellschaftsschichten. Hegt der Täter auf beide Schichten einen Groll? Unterstützten die Frauen die obdachlosen Männer und wurden umgebracht, weil der Täter vielleicht keine Hilfe von außen bekam? Ist das der Zusammenhang? Ein Obdachloser kriegt die Hilfe von einer Frau und der Täter nicht? Aber was wäre, wenn dies so nicht stimmte? Wenn das nicht der gemeinsame Nenner war?* Getrennt voneinander betrachtet ergab es ein merkwürdiges Bild.

Diese Fragen beschäftigten sie noch, als sie schon mit ihrem Auto auf dem Weg zur Praxis war. Wer hätte einen Vorteil, wenn die zwei Frauen tot waren? Der Ehemann vielleicht? Die Zwillingsschwester? Aber das konnte sie sich weiß Gott nicht vorstellen, dass einer der beiden diese Taten begangen hatte. Und was war mit diesem Roberto? Wie passte der ins Bild? Merkwürdig an ihm war auf jeden Fall die Tätowierung mit den Strichen am Unterarm. Eine Abschussliste? Aber laut Aussage von Jenny Huwer waren es mindestens zehn Striche. Bei dieser Erkenntnis war sie froh, dass sie ihren Wagen bereits geparkt hatte, sonst hätte sie vermutlich einen Unfall verursacht.

Sie stieg aus, kramte nach ihrem Handy und suchte, während sie zum Fahrstuhl ging und in den ersten Stock fuhr, Sarahs Nummer heraus. Die hatte sie von Sarah bekommen, falls ihr noch etwas einfiel, was nicht warten konnte. Allerdings war momentan keine Zeit, mit ihr zu telefonieren, somit nahm sie eine Sprachnachricht via WhatsApp auf. »*Hola*, Sarah. Hier ist Cecilia. Folgendes ist mir gerade bewusst geworden: Es sind zehn oder auch mehr Striche auf dem Arm von diesem Roberto. Es wurden aber bis jetzt nur drei Opfer gefunden. Ich vermute, jeder Strich steht für ein Opfer. Sie sollten dringend alle Vermisstenfälle der letzten Jahre überprüfen. Obdachlose, Prostituierte, Menschen, die keinem oder nur unregelmäßig einem Job nachgehen. Und auch gleichzeitig alle vermissten Frauen, die in der gehobenen Gesellschaftsschicht gelebt haben. Und was ich mir noch dachte ...« Sie sperrte ihre Praxis auf und trat in den Warteraum ein. »Was ist, wenn die beiden Frauen im Auftrag eines Dritten beseitigt wurden? Vielleicht ist einer der näheren Verwandten oder Bekannten der Auftrag...«

Der Schmerz brachte ihren Hinterkopf beinahe zum Zerbersten, und sie ließ die Taste ihres Telefons los. Noch bevor sie auf den Boden schlug, hörte sie eine bekannte Stimme hinter sich sprechen: »Jetzt gehörst du mir. Du wirst dafür büßen, was du mir angetan hast.« Dann wurde alles schwarz um sie herum, und auch ihre Gedanken stoppten.

30

»Danke, dass du uns abgeholt hast«, sagte Sven zu Carlos, der mit ihm und Jenny das Polizeirevier betrat. »Nur schade, dass ihr den Täter nicht mehr erwischen konntet.«

»Ich bin da, um euch zu beschützen. So, Sven, gib mir bitte die Schlüssel von eurem Büro. Ich denke mal, er wird dort eine Wanze versteckt haben, als er bei euch war. Das würde erklären, warum er so viel weiß. Ich schicke sofort ein paar Kollegen los, die das überprüfen werden. Außerdem wird euer Auto ebenfalls untersucht.«

Sven reichte Carlos seine Schlüssel.

In diesem Augenblick kam Sarah um die Ecke und begrüßte zuerst Sven mit einem Händedruck, und Jenny umarmte sie. Dann fasste sie Jenny an die Schultern und sagte: »Jenny, du zitterst ja am ganzen Körper. Komm, wir gehen nach nebenan. Du bist hier in Sicherheit. Niemand kann dir etwas tun.«

Minuten später saßen Sven, Jenny und Sarah im Besprechungsraum. Sarah hatte ein Glas Wasser geholt, das sie Jenny reichte. Doch Jennys Hand zitterte so sehr, dass das Wasser aus dem Glas schwappte. Beruhigend strich ihr Sven über den Rücken und redete auf sie ein.

»Schatz, alles ist gut. Wir sind in Sicherheit. Uns kann nichts passieren. Beruhige dich doch.«

»Sven. Ich muss dir einige Fragen stellen.« Sarah wurde von einer auf ihrem Telefon eingehenden Nachricht unterbrochen. Sie stand auf und entfernte sich ein paar Schritte von den beiden. Dann drückte sie auf die Play-Taste und hörte sich die Sprachnachricht an.

Sven konnte nicht alles verstehen, allerdings war er sich sicher, die Stimme seiner Psychologin wiedererkannt zu haben. Die Nachricht brach mitten im Satz ab, und ein dumpfes Geräusch war zu hören, gefolgt von einem »Ah«, das von der Psychologin zu kommen schien. Sven schaute verwirrt zu Sarah, die bereits dabei war, Carlos anzurufen.

»Carlos, du musst zu Doktor Sanchez Pérez fahren. Ich glaube, sie wurde überfallen. Ich bekam eine Nachricht von ihr, die mitten im Satz abgebrochen ist.« Dann beendete sie das Gespräch und kam wieder auf Sven und Jenny zu. »Ihr beide bleibt hier, ja? Nicht vom Fleck bewegen.«

»Sarah?«, sagte Sven. »Ist die Frau Doktor entführt worden? Was ist denn los? Hat der Täter wieder zugeschlagen? Kann ich irgendwie helfen?«

»Ja, du kannst helfen, indem du hier sitzen bleibst und wartest, bis ich wieder da bin. Okay?«

Sven nickte. Am liebsten wäre er aufgesprungen und mit ihr mitgegangen, aber dann schaute er auf das Häufchen Elend neben ihm, das ihn dringender denn je brauchte.

***

Eine knappe Stunde später kam Sarah zurück. Jenny hatte sich wieder beruhigt, und Sven sah sich die Fotos an, die auf dem Tisch verstreut herumlagen. Jenny wollte sich diese nicht ansehen und drehte nur angewidert den Kopf weg.

»Sven!«, sagte Sarah und sammelte die Fotos mit den toten Tieren darauf zusammen. »Das sind Ermittlungsfotos. Die gehen deine Detektivnase nichts an.«

»Ja, ich weiß. Entschuldigung. Aber du weißt doch, die Neugier ist mein Beruf. Wurden diese Tiere alle von demselben Täter ermordet?«

»Sven?«, sagte Sarah mit einem genervten Tonfall.

»Jaja, schon gut. Du kannst mir zu den laufenden Ermittlungen nichts sagen. Aber vielleicht kannst du mir zumindest sagen, was nun mit der Frau Doktor passiert ist?« Sven schaute Sarah an, und noch bevor diese antworten konnte, schob er eine Notlüge nach. »Ich meine, ich habe morgen einen Termin bei ihr. Ich will nur wissen, ob ich hinkommen soll oder nicht.«

Sarah schüttelte den Kopf.

Nun fragte sich Sven, auf welche Frage sie geantwortet hatte und hakte deswegen nach: »Nein, was? Steht mein Termin dort morgen oder nicht?«

»Nein, wohl eher nicht. Aber das hast du nicht von mir, ja?«

31

»Die Wunde am Hinterkopf muss ich wohl nähen, so wie es aussieht«, sagte ich eher zu mir selbst als zu ihr, während ich sie aus der Tonne herauszerrte, in die ich sie erst vor knapp zwanzig Minuten gesteckt hatte. Die Tonne war nur einen Meter hoch, und ich hatte echt zu tun gehabt, um sie als Ganzes hineinzuquetschen. Es war wie Tetris, nur eine Spielstufe schwieriger.

Gerade als ich die Praxis verlassen hatte, war ihr Patient zur Tür hereingekommen. Er hatte mir sogar noch die Tür aufgehalten, damit ich mit meiner schweren Fracht ungehindert hinauskonnte. Ich lachte insgeheim und war froh, dass ich nicht auf meine Maskerade mit falschem Bart und Brille verzichtet hatte. Sogar eine Kappe mit dem Zeichen vom Palmitos Park hatte ich vorsorglich aufgesetzt.

Eigentlich hatte ich sie erst als Letztes holen wollen. Vor ihr sollten die anderen dran sein. Aber als ich die Kanister auf die Tiefkühltruhe gestellt hatte, war mir dieser geniale Einfall gekommen, wie ich sie in aller Öffentlichkeit zu meinem Auto bringen konnte, ohne dass jemand Verdacht schöpfen würde. In einer *Ferreteria*[21] besorgte ich mir eine Tonne mit Deckel und eine Sackkarre. So konnte ich damit durch das

---

[21]   Baumarkt

Einkaufszentrum fahren, ohne Aufsehen zu erregen. Auch das Auf- und Zusperren der Türen mit einem Dittrich stellte keine besondere Herausforderung dar, und binnen Sekunden war ich in der Praxis. Ich hatte gewusst, dass sie heute einen Termin hatte. So wie jeden Freitag um diese Zeit.

Vorsorglich legte ich ihr Fesseln an Hand- und Fußgelenken an, und in ihren Mund steckte ich einen Knebel, bevor ich mich von ihr abwandte. Sie war noch nicht dran. Zuerst musste ich mein zweites Kunstwerk zu Ende bringen.

Ich ging einige Schritte und öffnete die Gefriertruhe. Ich griff sie an die bläulich schimmernde Wange. »Gut, Schätzchen. Jetzt bist du endlich dort, wo ich dich haben will.« Ich hob den kalten Körper heraus. Dies fiel mir schwerer als noch Stunden zuvor. Sie war steif geworden und ließ sich nur noch schwer bewegen. Keine Chance. Ich konnte den Körper nicht mehr biegen, sodass ich sie zwangsläufig auf dem Boden ablegen musste und sie mir nicht wie vorhin über meine Schulter schmeißen konnte.

»Mist. Wie komme ich jetzt bloß zu meinen Sachen?«, schimpfte ich, verließ die Garage durch die Hintertür und stapfte ins Haus. Wütend schmiss ich die Tür zu und ging geradewegs zum Kühlschrank. »Ja, ein Bier. Ich brauche jetzt ein Bier«, stammelte ich noch, da empfing mich schon der kalte Hauch, und das ersehnte Bier war in greifbarer Nähe. Ich holte es heraus, machte die Tür zu und starrte auf das Gefrierfach, das sich jetzt auf Augenhöhe befand. Ich wusste, was dort drin war. Das Ergebnis. Und bald, schon sehr bald, würde ein neues hinzukommen. Nein, falsch. Zwei würden dazukommen.

32

Langsam öffnete Cecilia die Augen. Das Brennen zog sich von ihrem Hinterkopf bis nach vorne zu den Augen, und ein Schwertkampf tobte in ihrem Hirn. *Scheiße, was ist bloß passiert? Wo bin ich hier?*

Sie sah zuerst nur einen kahlen grauen Boden, der von einem Neonlicht an der Decke angestrahlt wurde. Sie ließ ihren Blick weiterwandern, und da stockte ihr förmlich das Blut in den Adern. Keine drei Meter von ihr entfernt lag ein menschlicher Körper auf Plastikfolien, mit denen ebenso die Wände ausgekleidet waren. Wieder durchfuhr ein Stich ihren Kopf, und sie schloss für einen Moment die Augen. *Ist das Hannelore? Bin ich die Nächste, die die Polizei am Strand findet? Verdammt, ich muss hier weg!*

Cecilia zerrte an ihren Fesseln, aber ihre Handgelenke waren zu fest zusammengebunden und schnitten ihr bereits ins Fleisch. Der Knebel in ihrem Mund brachte sie zum Würgen, und sie sehnte sich nach Wasser.

Vielleicht kann ich den mit meinen Zähnen durchbeißen?

Auch dies scheiterte nach mehreren Beißversuchen, da der Knebel beinahe ihren gesamten Mundraum ausfüllte. Ein Krampf fuhr wie ein Blitz durch ihren Kiefer, und sie hatte Mühe, diesen wieder zu lösen.

Plötzlich hörte sie Schritte, die sich von außen näherten. Die Tür ging auf, und da stand er.

Verdammt, was geht hier bloß vor sich?

Sie stammelte Unverständliches durch den Knebel, und als sich ihre Blicke trafen, schritt er auf sie zu.

33

Es war vier Stunden her, seitdem Sven und Jenny auf die Polizeistation gebracht worden waren. Sven hatte Langeweile und spielte, so wie meistens, auf seinem Handy ein Onlinespiel.

»Wie kannst du bloß in dieser Situation spielen? Ich werde dich wohl nie verstehen.« Jenny funkelte ihn böse an. »Wir sind in Gefahr, und sogar die Psychologin ist entführt worden!«

»Nur mal so eine Frage: Was soll ich sonst machen? Däumchen drehen, Luftschlösser bauen? Ich kann ja auch nichts dafür, dass wir hier festsitzen, also kann ich genauso gut spielen. Das lenkt wenigstens ab.«

In diesem Moment betrat Carlos das Zimmer, legte seinen Zeigefinger auf den Mund und winkte den beiden zu, dass sie den Raum verlassen sollten. Sven und Jenny erhoben sich, und als sie vor der Tür standen, schloss Carlos diese.

»Was ist denn los?«, fragte Sven.

»Wir vermuten, du hast einen Trojaner auf dem Handy, der alle Gespräche abhört«, sagte Carlos.

»Einen was? Aber wie …? Habt ihr bei uns im Büro etwas gefunden?«

»Nein, genauso wenig im Auto. Wir haben alles auf den Kopf gestellt. Die einzige Möglichkeit ist dein Handy.«

Jenny kniff Sven in die Seite. »Ich habe immer gesagt, das Handy gehört nicht auf den Tisch. Das ist alles nur deine Schuld.«

»Aber woher sollte ich denn wissen, dass da ein Trojaner drauf ist? Ich öffne doch keine Mails von Unbekannten …« Sven stockte. Dann klatschte er sich mit der flachen Hand auf die Stirn. »Klar, der muss in der Mail von Roberto drin gewesen sein, die er mir kurz nach seinem Besuch geschickt hat. Das war die Überweisungsbestätigung für unser Honorar. Die hab ich geöffnet. Ich bin so ein Idiot.«

»Na ja, dahinter vermutet wohl keiner etwas Böses«, sagte Carlos. »Jetzt ist es viel wichtiger, dass wir uns auf keinen Fall etwas anmerken lassen, dass wir davon wissen. Wir werden den Täter in eine Falle locken. Sven, dein Telefon läutet.« Carlos öffnete die Tür.

Sven lief schnurstracks auf sein Telefon zu. ›Unbekannter Anrufer‹ stand auf dem Display. *Roberto*, schoss es Sven durch den Kopf.

»Ja, bitte?«, sagte Sven und hoffte, dass seine Stimme nicht vor Aufregung zitterte.

143

»Sven. Sie sind dem Täter dicht auf den Fersen. Wissen Sie das eigentlich? Aber nicht dicht genug. Lust auf ein Spiel?«

Sven schaute unsicher zu Carlos, und dieser nickte.

»Ja, welche Art von Spiel spielen wir denn?«

»Ein Rätsel. Ich melde mich alle halbe Stunde bei Ihnen und gebe Ihnen Hinweise. Hier kommt der erste Hinweis: Der Ort, den Sie suchen, ist mit schmutzigem Wasser zu vergleichen.«

Dann klickte es in der Leitung. Sven wollte gerade ansetzen, etwas zu sagen, da ermahnte ihn Carlos zum Schweigen. Er schob ihm einen Zettel über den Tisch. *›Unterhaltet euch ganz normal über den Hinweis‹*, las Sven.

Zögerlich fragte Jenny: »Was soll denn das bedeuten?«

»Ich hab keine Ahnung«, sagte Sven. »Ich muss mir mal was zum Trinken holen. Magst du auch was?« Er verließ gemeinsam mit Carlos das Zimmer, und die beiden unterhielten sich leise auf dem Gang.

Carlos schaute sich die Nachricht an, die gerade auf seinem Handy eingegangen war.

›Ortung nicht möglich. Gebiet erstreckt sich über mehrere Quadratkilometer.‹

34

Es war ein besonderes Gefühl, als mich ihre Augen anstarrten. Ganz genau beobachtete sie jeden meiner Schritte. Ich dachte mir, vielleicht wollte sie mir bei meiner Arbeit zusehen, damit sie begriff, was bald mit ihr passieren würde. Es war ja auch etwas anderes, wenn man selbst davon betroffen war. Somit drehte ich die kalte Leiche ein wenig mehr zu ihr, damit sie auch ja keinen spannenden Moment versäumte. Vorsorglich zog ich mich bis auf die Unterwäsche aus und schnallte mir eine übergroße Schürze um. Ebenfalls setzte ich mir eine Kappe auf, die ich erst vor Kurzem im Müll gefunden hatte.

Heute war ich vorbereitet auf Blutspritzer. An den Wänden hingen Plastikplanen herunter, und auch Teile des Bodens hatte ich damit abgedeckt. So ein Blutbad wie beim letzten Mal brauchte ich wirklich nicht noch einmal. Ich schliff meine Axt an einem Wetzstein, so wie mir Opa das damals beigebracht hatte. Dann suchte ich ihren Blick. Und fand diese großen Augen wie Wagenräder, die mich entgeistert anstarrten. Es sah fast aus wie eine Anklage. Ich stand auf und schritt auf sie zu. Die Axt in meiner Hand schwang vor und zurück. Der anklagende Blick verschwand binnen Millisekunden und wurde zu einem angstvollen.

»Was? Ich bin nicht der Täter!«, schrie ich sie an. »Das seid ihr alle. Nur ihr allein seid daran schuld. Weil ihr geschwiegen habt. Weil ihr so getan habt, als hättet ihr nichts gehört. Ihr seid abartig!«

Wie in einen Felsen gemeißelt lag sie vor mir. Nicht einmal ein Zucken durchfuhr ihren Körper, als ich näher trat. Langsam ging ich in die Hocke und legte das Beil vor ihr ab. Nur wenige Zentimeter von ihrem Gesicht entfernt. Ich konnte ihre Angst spüren. Sogar riechen konnte ich sie.

»Du hast mich selbst auf die Idee gebracht. Kannst du dich noch an unser Gespräch erinnern? Es ist nicht einmal drei Wochen her. Das kannst du als Erfolg sehen. Du hast mich therapiert.« Während ich sprach, stand ich auf, nahm mein Beil und schritt auf den leblosen Körper zu. Ich schloss meine Augen und hob die Axt mit beiden Händen über meinen Kopf. Jetzt war der Moment gekommen. Die Zweite würde nun Buße tun.

Ich öffnete meine Augen und ließ das Beil auf den Körper hinunterpreschen. Ich hörte das Splittern der Knochen, dann quoll das Blut aus ihrem Hals heraus. Mir kam es sogar so vor, als ob ich ein leises Platschen gehört hätte. Wie bei einem Sprung in eine Pfütze nach dem Regen. Ich überlegte, ob ich dieses Geräusch auch bei der anderen so intensiv wahrgenommen hatte. Mein Blick fiel auf ihren Hals. Der Blutfluss stockte bereits, und kurz darauf versiegte er gänzlich. Rund um ihren Kopf hatte sich eine große Blutlache gebildet, die meinen zufriedenen Gesichtsausdruck widerspiegelte. Sehnen und Muskeln hatte ich beim ersten Schlag fast vollständig durchtrennt. Auch Knochenteile hatte ich erwischt. *Ihr Leben hängt an einem seidenen Faden*, huschte es mir durch den Kopf.

»Nein«, sagte ich zu mir selbst. »Kann nicht sein. Sie ist doch schon tot.« Aber ob dieses Sprichwort vielleicht so gemeint war, beschäftigte mich noch nach weiteren Hieben auf ihren Hals. Und als ich die Sehne an ihrem Handgelenk sah, die der Axt trotzte, wusste ich, dass dies der seidene Faden war.

35

Sven schaute auf seine Armbanduhr. Es waren neunundzwanzig Minuten vergangen seit dem letzten Anruf. Gleich würde sein Telefon wieder läuten. Er rieb seine feuchten Handflächen an seiner kurzen Hose ab und atmete tief durch.

»Vielleicht ist er in einer Kläranlage«, entfuhr es Jenny, und sie sprang von ihrem Stuhl auf. »Wo gibt es hier eine? Das wäre doch mit schmutzigem Wasser vergleichbar, oder nicht?« Sofort zückte sie ihr Telefon und suchte nach einer Kläranlage auf Gran Canaria. »Da gibt es einige auf der Insel. In Mogán, in San Agustín, in Santa Lucía und in Las Palmas.«

»Du denkst, er steht in einer Kläranlage und ruft uns von dort an?« Sven war skeptisch. Er wollte keinen Ort finden, sondern die Psychologin. Im nächsten Augenblick erschrak er, da sein Telefon klingelte.

Carlos, der die letzte halbe Stunde nichts gesagt und seine Worte nur auf ein Blatt Papier geschrieben hatte, gab ihm das Zeichen, das Gespräch anzunehmen.

Zögerlich drückte Sven auf die grüne Taste. »Ja?«

»Sven? Na? Sind Sie schon des Rätsels Lösung näher gekommen? Ich habe den nächsten Tipp für Sie. Ich kann von hier aus die berühmteste Sehenswürdigkeit von Maspalomas sehen.«

»Sie Schwein!«, entfuhr es Sven. »Lassen Sie die Psychologin frei! Sie hat Ihnen nichts getan.«

Roberto lachte. »Mir nicht, ja, das stimmt wohl. Ich melde mich in dreißig Minuten wieder. Dann gibt es den letzten Hinweis für euch.« Er beendete das Gespräch.

»Von der Kläranlage in San Agustín kann man nicht den Leuchtturm sehen, oder doch?«, meinte Sven.

Carlos schüttelte den Kopf, sagte aber nichts und animierte mittels Handzeichen Jenny dazu, zu sprechen.

»Nein, ich denke nicht. Davon abgesehen ist der Leuchtturm keine Sehenswürdigkeit.« Jenny blickte wie bei einem Tennisspiel zwischen Sven und Carlos hin und her. »Aber ich glaube, er meint die Sanddünen von Maspalomas. Die sind doch unter den Top Ten der Sehenswürdigkeiten im Süden.«

»Okay, von wo aus kann man die sehen?«, fragte Sven. »Er muss anscheinend auf einer Anhöhe sein. Haben wir eine Karte?«

Carlos ging aus dem Raum, und nur einen kurzen Moment später kam er mit einer Landkarte wieder zurück. Die breitete er auf dem Tisch aus. Er markierte eine Stelle mit einem Kreis und sah Sven herausfordernd an.

Sven reagierte sofort und las die Ortschaft ab. »So, infrage kommen Montaña la Data«, sagte er, und seine

Augen wanderten zur nächsten Stelle, die Carlos markierte, »dann weiter oben Monte Léon.«

»Das allein ist schon ein riesiges Gebiet«, sagte Jenny. »Aber haben die beiden Orte hier etwas mit schmutzigem Wasser zu tun?«

»Ich bin noch nicht fertig mit meinen Ausführungen. El Tablero käme noch infrage, Salobre, sogar Teile von San Fernando. Aber was ist vergleichbar mit schmutzigem Wasser? Ich verstehe den Hinweis nicht.«

»Vielleicht sollten wir uns die Orte mal auf Deutsch übersetzen«, sagte Jenny und griff wieder nach ihrem Handy.

36

Cecilia wusste nicht, warum sie ihren Blick nicht von dem leblosen, geschändeten Körper vor sich nehmen konnte. Ein Horrorfilm mit Michael Myers war harmlos gegen das, was sie gerade mit ansah.

Der Mann packte den Kopf an den Haaren. Das Blut tropfte hinunter, und die Muskeln und Sehnen hingen herab wie Tentakel, die nach ihrem nächsten Opfer suchten. Dieses Szenario, das sich nur wenige Meter vor ihr abspielte, kam ihr so unwirklich vor. Wie in einem schlechten Traum, allerdings ohne dass sie diesen träumte. Sie war hellwach und viel schlimmer noch – bei vollem Bewusstsein. Die Kopfschmerzen, die anfangs noch wie wild gegen ihre Schädeldecke gehämmert hatten, waren in dumpfe, gleichmäßige Schläge übergegangen.

Den Kopf hatte er auf die hölzerne Werkbank gelegt. Es waren mehrere Versuche notwendig, bis der Kopf aufrecht stehen blieb. Immer wieder hörte Cecilia ihn fluchen. Eine Tischlampe, die direkt auf das Gesicht schien, ließ die toten Augen blitzen. Cecilia verspürte Panik, die nun in ihrem Körper aufstieg. Vermutlich löste sich die Schockstarre, die die letzten Minuten von ihr Besitz ergriffen hatte. Fluchtgedanken kamen ihr in den Sinn. *Aber wie? Wie könnte ich mich aus den Fängen dieses Irren befreien?*

Er hob die beiden abgetrennten Hände, die neben der Leiche lagen, vom Boden auf und platzierte eine davon vor dem Mund des Kopfes. Dann drehte er sich zu Cecilia um, legte die kalten Finger der anderen abgehackten Hand auf seinen Mund und lachte. »Pscht«, entfuhr es seinen Lippen, bevor er sich vor Lachen krümmte.

Ein kalter Schauer durchfuhr ihren Körper und brachte ihre Zähne zum Klappern. Ihre Kehle schnürte sich zu, der Brustkorb presste sich zusammen, sodass sie befürchtete, es würde ihr jeden Moment die Rippen brechen. Doch sie konnte trotz allem ihren Blick nicht von ihm nehmen.

Er wandte sich der Werkbank zu und nahm auf dem kleinen Hocker Platz. Dann drehte er sich auf diesem leicht nach links und rechts.

Tatsächlich, er beachtet mich nicht. Wenn ich leise genug bin, kann ich ihm entwischen.

Sie riss an ihren Fesseln, allerdings ohne Erfolg. Nicht einmal einen Millimeter hatten sie sich gelockert. *Ich komme hier nie wieder raus.* Tränen krochen aus ihren Augen. Doch dann stockte sie plötzlich. Mut und Hoffnung keimten in ihr auf, als sie das Hackebeil sah, das nur wenige Meter vor ihr auf dem Boden lag. *Das muss zu schaffen sein. Wenn ich mich auf den Bauch drehe und …*

Ein Pfeifen durchbrach ihre Überlegungen. Er pfiff ein Lied, während er …

Geschockt blickte sie an ihm vorbei auf den Tisch und erkannte Nadel und Zwirn in der einen Hand, und mit der anderen hielt er den Zeigefinger der abgetrennten Hand fest, der bereits zur Hälfte über dem Mund angenäht war.

Er … er näht die Hand … Sie schloss die Augen für einen kurzen Moment. *Ich kann mich damit jetzt nicht befassen. Zuerst muss ich hier weg.*

Gesagt, getan. Langsam ließ sie sich auf den Bauch plumpsen. Sie hielt die Luft an, damit ihr kein Stöhnen entfuhr, das sie verraten würde. Sie konzentrierte alle Kraft auf ihre Oberschenkel und zog die Füße langsam heran. Ihr Oberkörper lag noch auf dem Boden, und im nächsten Moment hob sie diesen wenige Zentimeter an. Dann verließen sie ihre Kräfte, und sie sank in die ursprüngliche Position zurück. *Okay, okay. So wird das mal nichts. Plan B … denk nach, Cecilia … schneller …*

Cecilia versuchte, sich aus der Bauch- in die Seitenlage zu drehen. Und das so leise wie möglich. Nach mehreren Versuchen hatte sie es auch geschafft. Dann drehte sie sich weiter auf den Rücken. Ihre Hände bremsten ihren Körper ab, und er kam lautlos auf dem

153

Boden auf. Sie überstreckte ihren Nacken und schielte nach dem Werkzeug, das ihr zur Flucht verhelfen würde. Ein vorsichtiger Blick zu ihm. Doch er nähte noch immer. Stich für Stich.

Sie zog ihre Füße an und stemmte sich auf die Fersen, sodass sich ihr Oberkörper nach vorne schob.

Und da hörte sie es. Direkt neben ihrem Ohr – wie ein Fegefeuer, das aufflammte und blitzschnell durch ihren Körper fuhr.

Er drehte sich mit seinem Hocker zu ihr um und schmunzelte. »Ist dir wohl nicht ganz gelungen, was? Das Plastik macht Geräusche.« Er lachte, stand auf und nahm die Axt in seine Hand. »Aber fast liegst du richtig. Soll ich dir helfen? Möchtest du zu deiner Freundin und deine letzten Stunden noch mit ihr genießen?«

Er packte sie an den Haaren und zog sie auf die Plastikplane. Cecilia spürte, dass ihre Kleidung das Blut, das überall verteilt war, aufsog wie ein Schwamm. Er ließ von ihr ab, und sie knallte mit dem Kopf auf den Boden.

37

Fünfundzwanzig Minuten sind vergangen. Weitere fünfundzwanzig Minuten, in denen dieser Irre sonst was tun könnte. Sven war nicht in der Lage, einen vernünftigen Gedanken zu fassen. In seinem Kopf schwirrten alle Informationen ziellos umher.

»Salobre heißt brackig oder stark salzhaltig auf Deutsch«, sagte Jenny. Das war bereits die vierte Ortschaft, die sie übersetzte.

Sven sprang von seinem Stuhl auf. »Ja, natürlich! Brackwasser. Schmutziges Wasser. Er ist in El Salobre.« So schnell er aufgesprungen war und das Ergebnis verkündet hatte, genauso schnell verflog die Freude darüber auch wieder. »Das Gebiet ist groß. Viel zu groß. Er könnte dort überall sein.«

Carlos verließ den Raum, ohne ein Wort zu sagen. Die Tür schob er mit einem leisen Klicken zu, und Sekunden später sah Sven ihn durch die Glasfenster hindurch telefonieren.

»Aber wie können wir bloß das Gebiet eingrenzen?«, sagte Sven und beugte sich zum Mikrofon seines Handys hinunter. Dann blickte er auf seine Armbanduhr. Neunundzwanzig Sekunden noch. Erbarmungslos langsam bewegte sich der Sekundenzeiger, und als dieser endlich die Zwölf erreicht hatte, hielt Sven die

Luft an. Doch sein Telefon blieb stumm. Sven tippte mit dem Zeigefinger auf seine Armbanduhr und zeigte sie Jenny, die nur mit ihren Schultern zuckte.

Die Sekunden verstrichen, und es wurden quälende Minuten daraus, die Sven abwechselnd auf seine Uhr und auf das schwarze Display seines Handys starrte. Das Telefon hatte noch keinen Ton von sich gegeben, da blinkte bereits das Display, und Sven nahm das Gespräch entgegen.

»¿*Sí*?«

»Und? Haben Sie schon die Lösung?«

»Ja, El Salobre ist die Lösung.« Sven krampfte seine Finger zu einer Faust zusammen.

»Na, das ist ja toll. Und jetzt wollen Sie vermutlich auch wissen, wo genau ich bin. Nicht wahr?«

»Ja«, zischte Sven. »Lebt die Frau noch, die Sie entführt haben?«

»Ich? Ich habe doch niemanden entführt. Ich bin nur hier, um Ihnen und natürlich auch der Polizei zu helfen und diese Insel von dem ganzen Unrat zu befreien. Übrigens, da fällt mir gerade ein, richten Sie Grüße an den Inspektor aus.«

»Wie? Von Unrat ...«

»So wie ich es gesagt habe. Ich verabschiede mich jetzt von Ihnen. Nein, warten Sie ... siebenundfünfzig, achtundfünfzig, neunundfünfzig, sechzig. Jetzt sage ich Ihnen *adiós*. Es war nett mit Ihnen.«

»Aber …«, sagte Sven und stockte. Er schaltete das Display seines Telefons wieder ein und sah, dass der Anruf noch nicht beendet war. Ein Motorengeräusch war zu hören. Vermutlich von einem Auto, das gerade gestartet wurde. Er hörte, dass sich das Geräusch entfernte. Dann wurde es still in der Leitung. Gerade sah er noch im Augenwinkel Carlos, gefolgt von Sarah, an den Glasfenstern des Zimmers vorbeiflitzen. Blitzschnell rannte er den beiden hinterher.

38

»Was dachtest du? Auch du wirst dafür bezahlen. Du sollst Buße tun, sagte der Herr.« Ich hob meinen Fuß, und kurz bevor dieser ihren Kopf traf, ermahnte ich mich zur Vernunft. Jetzt war noch nicht die Zeit gekommen, um mich mit ihr zu beschäftigen. Ich hatte Wichtigeres zu tun. Ich drehte mich wieder zu meinem Kunstwerk um. Der Faden hing vom Mittelfinger herunter, und die Nadel war auf den Boden gefallen.

»Wegen dir, du Miststück!«, fluchte ich. Ich ging auf die Knie, da ich vermutete, dass die Nadel in der Nähe des Tisches zum Liegen gekommen war.

Da hörte ich ein Poltern. Nein, es war ein Klopfen an der Garagentür. Ich schaute an mir herunter. Ich war mit Blutspritzern übersät. So konnte ich mich nicht zeigen. Auf keinen Fall. Mein Blick wanderte zu der kopflosen Leiche und der Psychologin, die bewusstlos danebenlag. Keine zwei Meter von der Tür entfernt. Ich konnte nicht öffnen. Wer auch immer da draußen war, sollte schnellstmöglich wieder von meinem Grundstück verschwinden.

Der Gedanke, der mir durch den Kopf schoss, brachte mein Blut zum Gefrieren. *Hatte ich die Tür abgeschlossen?*

Da! Wieder ein Klopfen. Diesmal energischer als zuvor. Laut hallte das Scheppern durch die Garage. Der Schlüsselbund, der innen steckte, wippte, und die Schlüssel gaben durch die Bewegung einen klingenden Ton von sich.

»Hhhhhhhmmmmmm!«

Schlagartig wurde mir bewusst, dass dieses Geräusch nicht von außen kam, sondern von dem Dreckstück, das sich am Boden wand und versuchte, um Hilfe zu schreien. Wie in Trance ergriff ich das Beil und lief auf sie zu. Bereits im Laufschritt hob ich es über meinen Kopf. Sie muss schweigen. Schweigen für immer!

Ich wollte ihr den Garaus machen und ließ das Beil bereits auf sie hinabschwingen, da erfasste mich ein warmer Luftzug, gefolgt von einem lauten Knall. Millisekunden später packten mich zwei Hände und rissen mich von der Frau hinfort. Die Axt fuhr in mein Schienbein, und der Schmerz, der meinen Körper eroberte, trieb mir die Tränen in die Augen. Und ich fühlte mich glücklich. Ich spürte meinen Schmerz wieder. Ein lauter Schrei entfuhr mir, bevor ich mit den Knien auf dem Boden landete. Ein Tritt in meine Wirbelsäule brachte meinen Körper bäuchlings zum Liegen. Da hörte ich das schmatzende Geräusch, das Metall erzeugte, das aus einer Fleischwunde gezogen wurde. Und durch dieses Schmatzen, das sich in meinen

Gehörgang bohrte, wusste ich, dass meine Zeit gekommen war. Meine Zeit der Abrechnung. Endlich konnte ich meine Liebsten wieder in die Arme schließen. Ein warmes Gefühl breitete sich rund um mein Herz aus. Meine Mundwinkel zogen sich fast automatisch nach oben. Glücklich. Ich fühlte mich glücklich.

39

»Das ist viel zu gefährlich«, sagte Carlos und stieg in den Streifenwagen ein, der vor der Polizeistation parkte. Sarah nahm auf der Beifahrerseite Platz.

Sven ließ sich davon nicht beirren, riss die hintere Tür auf und setzte sich ins Auto.

»Steig aus, Sven«, sagte Carlos und schaute zur Rückbank. Dann wurde seine Stimme lauter: »Nochmals: Es ist zu gefährlich! Wir haben keine Ahnung, was uns dort erwarten wird.«

»Nein, ich fahre mit« entgegnete Sven. »Ganz sicher. Ohne mich hättet ihr die Hinweise nicht bekommen, und ich will jetzt wissen, was dahintersteckt.«

Jenny stand neben dem Auto und schaute ihn mit einem unschlüssigen Blick an. »Sven?«

»Einsteigen oder Tür zumachen«, meinte Carlos. »Wir müssen los.«

Die Polizeisirenen der beiden anderen Streifenwagen heulten auf, und der erste setzte sich in Bewegung und brauste mit überhöhter Geschwindigkeit davon. Jenny schwang sich ins Auto, schmiss die Tür hinter sich zu, während Carlos bereits im Rückwärtsgang ausparkte.

»Anschnallen!«, herrschte Carlos die beiden an. Sie folgten der Anweisung.

***

Der aufgewirbelte Staub hatte sich noch nicht gelegt, als Carlos das Auto zum Stehen brachte. Der Weg hatte ihn zu einer Baracke mit einer kleinen Garage am Ortsende von El Salobre geführt. Er war von der asphaltierten Straße abgebogen, die weiter in die Berge führte. Die Einfahrt zum Haus war nicht gepflastert und die lose Erde staubtrocken. Die Sonne war bereits untergegangen, doch das Schwarz der Nacht hatte noch nicht ganz Besitz von der Insel ergriffen. Carlos sah, dass die Straßen von Playa del Inglés, die er von hier oben gut erkennen konnte, schon hell von den Straßenlaternen beleuchtet wurden.

Die ersten beiden Polizisten standen mit erhobener Waffe neben ihrem Auto und zielten auf die geschlossene Blechtür, die in die Garage führte. Oberhalb dieser war mit Sprühfarbe das Wort ›*Aqui*[22]‹ gemalt worden, mit einem Pfeil, der nach unten zeigte. Ein weiterer Einsatzwagen traf ein, und die Polizisten rannten auf die Baracke zu, die allem Anschein nach das Wohnhaus darstellen sollte und teilweise nur aus Holz zusammengezimmert war.

Carlos stieg aus dem Auto aus und fuhr Sven und Jenny an: »Ihr beide bleibt genau hier! Wenn Schüsse fallen, dann beugt euren Kopf nach vorne zu euren Knien. *¿Nos hemos entendido?*[23]«

---

22 Hier
23 Haben wir uns verstanden?

Sven nickte und schaute ihn entgeistert an. Sarah suchte Deckung hinter der Beifahrertür und zielte ebenfalls auf die Garage. Carlos zog seine Pistole aus dem Halfter und gab mittels Handzeichen den Befehl zum Vorrücken. Die beiden Polizisten rannten zur Blechtür und postierten sich jeweils links und rechts daneben. Einer klopfte fest an die Tür.

»¡Policía![24]«

Nichts rührte sich. Keinerlei Laute drangen aus der Garage. Die zwei anderen Polizisten waren bereits in die Baracke gestürmt. Einer der beiden kam heraus und zeigte Carlos einen Daumen nach unten. Das Zeichen, dass sich keine Personen im Haus aufhielten. Mit einem Nicken bestätigte Carlos und zeigte auf die Garage.

Der Polizist, der rechts neben der Garagentür stand, verließ seine Position und drückte die Türklinke langsam nach unten. Sein Kollege stellte sich mit gezogener Waffe rechts hinter ihn, sodass er im Ernstfall auf einen möglichen Angreifer schießen konnte. Der erste Polizist schwang die Tür auf, und beide Polizisten brüllten »Policía, Policía« und drangen mit großen Schritten in die Garage ein.

Carlos setzte sich in Bewegung, als die beiden im Inneren verschwunden waren. Sarah bedeutete er, sie

---

24   Polizei

solle am Auto stehen bleiben. Er war noch nicht am Eingang angelangt, da kamen Rufe von innen.

»¡Jefe, mira![25]«

Schon im nächsten Augenblick, als Carlos um die Ecke bog, starrte er in die hilflosen Augen der Psychologin, die mitten in diesem Blutbad lag. Er nahm den Knebel vorsichtig aus Cecilias Mund. Dann holte er sein Taschenmesser aus der Hosentasche und schnitt vorsichtig die Hand- und Fußfesseln durch.

»Danke«, sagte Cecilia leise. Sie zitterte am ganzen Körper.

Erst als Carlos alle Fesseln gelöst und ihr geholfen hatte, sich aufzusetzen, sah er die Schreckensbilder.

Neben Cecilia lag eine kopflose Leiche. Unmengen an Blut klebten auf den Plastikplanen, die den Raum größtenteils auskleideten. Die Füße lagen abgetrennt nur wenige Zentimeter von den blutig zerhackten Unterschenkeln entfernt. Als Nächstes sah er auf den Tisch – die an den Kopf angenähten Hände. Das ausdruckslose Augenpaar starrte ihn an. Die letzten Blutpfützchen, die sich noch auf der Tischkante gebildet hatten, tropften auf einen Mann, der darunter lag. Ein Hackebeil befand sich direkt neben ihm.

»Er … er hat mich entführt«, stammelte Cecilia und zeigte auf den Mann unter der Werkbank. Um ihn

---

[25]   Chef, schau mal.

herum hatte sich eine riesige Blutlache gebildet. Sein abgetrennter Kopf ruhte auf seinem Rücken.

»Kommen Sie erst mal hier raus, Cecilia«, sagte Carlos, half ihr auf die Beine und führte sie ins Freie.

Draußen winkte er Sarah zu sich, und beide geleiteten Cecilia zum Einsatzwagen, wo sie sie auf den Rücksitz setzten.

40

Cecilia atmete durch. Ihr Herz klopfte ihr noch bis zum Hals, und das Blut rauschte in ihren Ohren. Obwohl sie in Sicherheit war, wollte ihr Körper sich nicht beruhigen. Ganz im Gegenteil. Ein kalter Schauer durchfuhr sie, und sie begann zu schluchzen. *Ist es wirklich vorbei? Aber …*

Wie durch mehrere Lagen Watte gelangten Sarahs Worte in ihr Hirn. »Cecilia? Was ist passiert?«

Cecilia hob ihren Kopf und schaute Sarah in die warmherzigen braunen Augen. »Er kam in den Raum gestürmt, und dann hat er ihn umgebracht.«

»Wer hat ihn umgebracht? Können Sie den Mann beschreiben?«

»Er … er war vielleicht einen Meter achtzig groß, dunkle Haare, perfekte weiße Zähne. Vom Typ war es ein Spanier. Er hat … hat einfach … die Axt …« Ein erneuter Heulkrampf schüttelte ihren Körper.

Sarah kramte in ihrer Hosentasche nach ihrem Telefon und hielt Cecilia das Display mit dem Phantombild von Roberto hin. Cecilia starrte das Foto nur mit angstgeweiteten Augen an, reagierte sonst aber gar nicht.

Der Krankenwagen traf ein, und der erste Sanitäter war bereits Momente später bei ihr. Sarah hielt ihre Hand fest, während Cecilia untersucht wurde.

»Wir müssen Sie mitnehmen. Sie stehen unter zu großem Schock.«

Cecilia stand auf, der Sanitäter griff unterstützend nach ihrem Unterarm, und in diesem Augenblick knickten ihre Beine unter ihr weg.

41

Sven war bereits ausgestiegen und lief zu Carlos, als er sah, wie die Psychologin zum Polizeiwagen gebracht wurde. Jenny blieb im Auto sitzen.

Als Carlos ihn sah, ermahnte er ihn mit einer Handbewegung, dass er stehen bleiben sollte. Sven stoppte sofort. Die Psychologin sah aus, als käme sie aus einem Schlachthaus. Es hatte den Anschein, als hätte sie in Blut gebadet.

Carlos ließ Sarah mit der Psychologin allein und kam auf Sven zu. »Hab ich nicht gesagt, du sollst im Auto auf mich warten?«

»Ja, aber die Gefahr ist vorbei«, entgegnete Sven. »Wo ist denn der Täter? Habt ihr ihn festgenommen?«

Carlos schluckte. »Nein, er ist tot. Er wurde enthauptet.«

»Was?«, schrie Sven. »Aber ... wieso ...«

»Ich denke mal, das war dein neuer Freund Roberto. Wir müssen warten, was Cecilia sagt. Sie steht unter Schock.« Er deutete auf die Garage. »Da drin hat ein Blutbad stattgefunden. Ich denke, so wie es aussieht, musste Cecilia die Ermordung von Hannelore Meister mit ansehen, genauso die von dem Dreckskerl, der sie entführt hat.«

»Ich verstehe nicht ganz. Dann war dieser Roberto, oder wie er auch immer heißt, nicht der Mörder? Er hat sie doch am Leben gelassen. Momentan kann ich mir keinen Reim darauf machen.«

Carlos drehte sich um, als ein uniformierter Polizist seinen Namen rief. »Warte mal einen Moment«, sagte er und schritt seinem Kollegen entgegen. Der Polizist übergab ihm mehrere Blätter Papier und deutete aufgeregt darauf. Carlos nickte und schaute sich alles mit ernstem Blick an.

Sven überlegte, ein paar Schritte näher zu gehen, damit er zumindest hören könnte, was der Polizist sprach. Er entschied sich aber abzuwarten. Und er sollte mit seiner Entscheidung recht behalten, denn schon Momente später kam Carlos zu ihm zurück.

»Was hast du da?«, fragte Sven.

»Das sind Ausdrucke von Chatnachrichten. Von einer Michaela Fleischer. Das ist nur ein kleiner Teil davon, der Rest ist im Haus.«

»Michaela Fleischer ist das Mädchen, das Selbstmord beging, weil ihre Mutter vor mehr als einem halben Jahr an Krebs gestorben ist.« Sven wollte Carlos einen Zettel aus der Hand nehmen, um lesen zu können, was darauf stand, doch Carlos wich einen Schritt zurück.

»Beweismaterial. Nicht anfassen!«, zischte er. »Vale, woher hast du diese Information?«

169

»Von der Sekretärin der Privatschule, auf die Michaela ging.« Sven stemmte seine Hände in die Hüften.

»Ich will nicht wissen, wie du dir da Zutritt verschafft hast.«

Sarah kam zu den beiden dazu und schaute neugierig auf die Blätter. Carlos reichte ihr eines. »Wer hat sich wo Zutritt verschafft?«, fragte sie. »Was ist das?«

»Soll ich sagen, was ich denke?«, sagte Carlos. »Ich denke, der Tote in der Garage ist der Vater von Michaela Fleischer. Und er hat diese ganzen Morde begangen.«

»Aber wieso?«, fragte Sven. »Und vor allem, warum wurde er umgebracht? Und wo ist das Handy, von dem dieser Roberto mich ständig angerufen hat? Es muss hier sein. Ich habe doch am Telefon deutlich das Auto wegfahren hören, nachdem Roberto das Gespräch beendet hat.«

Carlos wehrte ab. »Ich kann nichts mehr dazu sagen. Du wirst jetzt mit Jenny zurück zur Polizeistation gefahren. Das hier ist ein Tatort, und ich muss erst sämtliche Spuren sichern lassen.«

»Aber ...«, sagte Sven, doch Carlos wies augenblicklich einen Kollegen in sein Vorhaben ein, und dieser war bereits im Begriff, sich ins Auto zu setzen.

»Scheiße, verdammte«, fluchte Sven, kickte einen Stein weg, gehorchte aber widerwillig den Anweisungen.

Er hatte noch nicht einmal die hintere Tür des Wagens offen, da überfiel ihn Jenny schon mit ihren Fragen. »Sag schon! Was ist da passiert? Was ist mit den Zetteln? Haben die den Mörder endlich?«

Sven schnaufte. »Der Mörder wurde enthauptet, vermutlich von diesem Roberto. Warum und weshalb, kann ich dir nicht sagen. Was auf diesen Papieren steht, kann ich dir nicht beantworten, ich konnte sie nicht sehen. Carlos sagte, es sind Nachrichten von Michaela Fleischer. Die zweite Frau, diese Hannelore Meister, ist anscheinend auch tot.«

»Okay, das haben wir gleich«, sagte Jenny, zückte ihr Telefon, während das Auto vom Hof fuhr.

»Was haben wir gleich?«

»Michaelas Facebookprofil. Ich hatte es vorhin schon gefunden, aber dann kam die ganze Aufregung im Park dazwischen, und dann waren wir auf dem Revier … da habe ich es ganz vergessen. «

Keine Minute später surften die beiden bereits auf der Timeline des Mädchens. Ein Foto erschien auf dem Display. Michaelas blasse Haut kam neben dem braun gebrannten jungen Mann, der seinen Arm um ihre Schultern gelegt hatte, noch stärker zum Vorschein.

»Sven, ist das nicht Diego? Der Sohn der ermordeten Victoria Garcia Ruíz? Ich fasse es nicht. Das musst du dir ansehen!« Sie tippte auf einen der etlichen Kommentare unter dem Foto.

›Du miese Schlampe. Verreck doch.‹

»Oh Mann«, sagte Jenny und schluckte den Kloß hinunter, der sich in ihrem Hals gebildet hatte. »Da sind ja noch mehr von diesen Kommentaren. Und sieh mal. Dieser hier ist von Alicia Weber Sanchez, der Tochter der Psychologin.«

›Lass die Finger von meinem Kerl. Du Hure!‹

»Ach du grüne Scheiße«, entfuhr es Sven. »Die haben die Kleine gemobbt. Das Foto hier ist einen Tag vor ihrem Selbstmord entstanden. Und da sieht sie glücklich aus. Ich muss das Carlos erzählen.« Während er noch sprach, wählte er bereits die Nummer. »Carlos, ja. Das Mädchen ist auf das Übelste gemobbt worden. Wir haben gerade in den sozialen Medien nach ihr gesucht und ein Foto gefunden, das einen Tag vor ihrem Selbstmord aufgenommen wurde.«

»Was für ein Foto meinst du?«, sagte Carlos.

»Ein Foto von ihr mit Diego. Er ist der Sohn der ermordeten Victoria Garcia Ruíz. Und noch etwas. Die Tochter der Psychologin hat auch Hasspostings geschrieben.« Jenny fuchtelte vor seinem Gesicht mit ihrem Handy herum und zeigte aufgeregt mit dem Zeigefinger auf das Display. Sven schubste ihre Hand weg.

»Ich werde das überprüfen lassen.« Sven kam es so vor, als ob Carlos ihn abwimmeln wollte.

»Gut, ja. Wie du meinst«, sagte Sven patzig und beendete das Gespräch.

Jenny schaute ihn vorwurfsvoll an. »Es war die ganze Clique daran beteiligt. Hier, sieh doch mal.« Jenny deutete auf das Display. Das Video, das sie daraufhin sahen, zeigte Michaela Fleischer. Langsam und mit zittrigen Händen öffnete sie gerade ihren Büstenhalter, den sie kurz darauf auf den Boden fallen ließ. Sie schaute auf einen Punkt, der irgendwo hinter der Kamera lag. Unterhalb lasen Sven und Jenny Kommentare wie:

›Die hat doch nur eine Hühnerbrust.‹

›Soll das etwa ein Striptease werden? Da muss sie aber noch viel üben, wenn mich das scharfmachen soll.‹

173

›Ach, wenn man ihr einen Sack über den Kopf stülpt, würde ich da schon rüberrutschen.‹

»Ich habe es dir doch direkt vor die Nase gehalten. Wieso hast du ihm das nicht gesagt?« Jenny schnaubte wütend.

»Weil er nicht mit mir sprechen wollte. Hast du das nicht gemerkt? Wir werden gleich ins Büro fahren und weitere Infos einholen. Kannst du dich noch an das Mädchen im Park erinnern? Denkst du nicht auch, dass sie genauso ein Opfer dieser Clique ist? Diego hat seinen Arm auch um sie gelegt. Vielleicht ist er nur der Köder.«

»Ja, klar kann ich mich daran erinnern. Aber was hat das mit den Morden zu tun?«

Sven zuckte mit den Schultern. Allerdings keimte eine gewisse Vorahnung in ihm auf.

42

Sarah saß bereits in ihrem Auto und fuhr vom Parkplatz der Dienststelle. Es war gerade einmal eine Stunde her, dass sie den Tatort verlassen hatte. Tausend Gedanken schossen ihr durch den Kopf. Sie musste mit Cecilia sprechen, somit hatten Carlos und sie beschlossen, dass sie allein ins Krankenhaus zur Erstbefragung fuhr. Auch wenn es schon kurz vor zweiundzwanzig Uhr war. Die Befragung konnte nicht warten.

Cecilia war ins *San Roque* eingeliefert worden, eine Privatklinik im Süden der Insel.

Sarah ging zum Empfang, und nach kurzer Zeit wurde sie zu Cecilias Zimmer gebracht. Die Psychologin lag in ihrem Bett und blätterte in einer Zeitschrift.

»*Hola*«, sagte Sarah und schritt auf das Krankenbett zu.

Cecilia richtete sich auf und lächelte. »Hallo, Sarah.«

»Cecilia, wie geht es Ihnen? Fühlen Sie sich jetzt imstande, mit mir zu sprechen und einige Fragen zu beantworten?«

»Ja. Mir geht es etwas besser, danke. Es war einfach schrecklich. Ich dachte schon, mein letztes Stündlein hätte geschlagen. Der Typ ist in die Garage hereingerannt, als Rolf Fleischer mit einer Axt über mir stand. Es ging alles so schnell. Ich glaube, ich habe nicht mal geatmet.«

»Sie kennen Ihren Entführer also?«

»Ja, er war seit sechs Monaten bei mir in Behandlung. Er kam zu mir, kurz nachdem seine Frau starb. Und jetzt verstehe ich auch, was er in unserer letzten Sitzung meinte.«

»Was denn?«, fragte Sarah nach. »Erzählen Sie mir alles, was Ihnen einfällt. Jede noch so banale Kleinigkeit könnte von größter Wichtigkeit sein.«

»Ich habe in meinem Büro die drei Affen stehen. Sie wissen schon, einer hört nichts, der zweite sieht nichts und der dritte sagt nichts. Vor zwei Wochen, in unserer letzten Therapiesitzung, hat er einen davon in die Hände genommen und ihn genau angesehen. Er murmelte irgendwas von ›genau so‹ oder so was in der Art. Als ich heute den abgehackten Kopf sah und dass er die Hände auf den Mund nähte, erinnerte ich mich wieder an diese Szene.«

Sarah fiel blitzartig der Kopf im Tiefkühlfach ein, den die Kollegen gefunden hatten. Diesem waren die Hände auf die Augen genäht worden.

»Aber warum hat er das getan? Was hat ihn dazu veranlasst? «

»Er war der Meinung, dass unsere Kinder seine Tochter in den Selbstmord getrieben haben«, sagte

Cecilia. »Er hat mir viele Ausdrucke von Hassmails und Nachrichten gezeigt, die die Teenager seiner Tochter geschickt hatten. Allerdings hat er diese erst drei Tage vor unserer letzten Sitzung gefunden, durch Zufall, wie er mir berichtete. Teenager sind einfach schwierig. Besonders in diesem Alter. Ich sagte zu ihm, dass dies nichts mit dem Selbstmord seiner Tochter zu tun hat, und habe ihm sogar eine andere Psychologin empfohlen, um mit ihm eine Therapie zu machen. Sie wissen doch, Berufsethik und so, aber er lehnte das ab. An diesem Tag hat er sich allgemein sehr eigenartig benommen. Ich dachte, das liegt an den Nebenwirkungen der Tabletten, die er einnahm, und hab es nicht weiter beachtet. Er faselte etwas von einem Tagebuch, das er in einer der Kisten fand. Ich wollte an diesem Tag nicht näher darauf eingehen. Er war doch schon so aufgewühlt genug. Hätte ich doch bloß nachgefragt. Vielleicht hätte ich die Morde verhindern können.« Cecilias Augen füllten sich mit Tränen.

Sarah legte die Hand auf Cecilias Unterarm und sprach: »Das konnten Sie ja zu diesem Zeitpunkt nicht ahnen. Wir suchen nach diesem Tagebuch, es muss irgendwo sein. Vielleicht gibt es darin nähere Hinweise, was ihn zu dieser Wahnsinnstat getrieben hat.«

»Haben Sie den anderen Mörder gefangen?«

»Sie meinen den, der Fleischer umgebracht hat? Nein, bislang noch nicht. Ist Ihnen dazu noch etwas eingefallen, was uns helfen könnte? Auf dem Bild, das ich Ihnen am Tatort gezeigt habe, das war der zweite Mann, oder?«

»Ja, das ist er. Er ist der Mörder der beiden Obdachlosen und auch der ganzen Tiere. Er passt perfekt ins Profil. Sie hätten sehen sollen, was für einen Glanz er in seinen Augen hatte, als er dieses Monster umbrachte. Fleischer kann nichts mit den Tieren zu tun haben, auch das Motiv für die Morde an den Männern fehlt zur Gänze. Er war mit seiner Tochter erst knapp ein halbes Jahr hier auf der Insel. Verstehen Sie? Fleischer war nur ein Nachahmungstäter. Er wollte seine Morde genauso aussehen lassen wie die an den Obdachlosen, um so den Verdacht von sich abzulenken. Das hat natürlich den anderen Mörder dazu veranlasst, ihn ausfindig zu machen und zu eliminieren. Deswegen hat er den Privatdetektiv engagiert. Und dann das Bild von Victoria Garcia Ruíz und die mit Blut geschriebene Botschaft auf dem zweiten ermordeten Obdachlosen: ›Ich war es nicht.‹ Er war es wirklich nicht – er hat die Frauen nicht umgebracht. Das wollte uns der Täter damit sagen. Alle Teile fügen sich perfekt zusammen. Jetzt ist natürlich klar, warum wir die Zusammenhänge nicht sehen konnten. Weil es zwei Mörder waren.«

Cecilias Augen begannen zu strahlen, allerdings war das Strahlen kurz darauf wieder verschwunden, und ihre Stimme zitterte, als sie die folgenden Worte sprach: »Sie müssen diesen Irren finden.«

»Die Fahndung nach dem zweiten Täter läuft bereits auf Hochtouren. Machen Sie sich keine Sorgen.«

43

Sven brütete gemeinsam mit Jenny über ihren Unterlagen. Ihre Köpfe rauchten förmlich. Sven hatte sich ein großes Blatt Papier organisiert und es an der Wand festgemacht. Mit einem Kugelschreiber kritzelte er die Namen der Teenager darauf. Die drei von den insgesamt sieben, die auf jedem Gruppenfoto zu sehen waren, kreiste er ein. »Es sollte sieben Opfer geben. Aber warum die Mütter? Die Teenies hatten seine Tochter doch gemobbt. Da blick ich nicht durch.«

Da klingelte Svens Telefon. Als er auf das Display schaute, rutschte ihm sein Herz in die Hose. ›Unbekannter Anrufer‹

Zögerlich nahm er das Gespräch entgegen. »Ja?«

Ein Lachen ertönte und kurz darauf eine wohlbekannte Stimme: »Sven? Na? Hab ich Sie erschreckt? Ich fand dieses Katz-und-Maus-Spiel mit Ihnen lustig. Wollen Sie ein erneutes Spiel mit mir spielen? Sie können auch wieder eine Person retten.«

»Was wollen Sie denn von mir? Warum machen Sie das? Wieso spielen Sie dieses Spiel mit mir und nicht mit der Polizei?«

»Warum, wollen Sie wissen?« Roberto lachte laut. Es dauerte einige Sekunden, bis er sich wieder beruhigt hatte und weitersprach. »Weil ich die Polizei nicht leiden kann und Sie ein kluges Bürschchen sind. Also! Der erste Hinweis: Sie suchen einen Ort, der viele Touristen beherbergt, aber kein Touristenort ist. Ein kleiner Tipp noch obendrauf: Was wir schon in der Schule gelernt haben, ist der Spruch ›Nie ohne Seife waschen‹. Das kennen Sie doch sicherlich. Wobei in diesem Fall der Seife eine besondere Bedeutung zukommt. Viel Glück. Sie haben eine halbe Stunde, dann kriegen Sie den nächsten Hinweis.«

Svens Mund fühlte sich staubtrocken an. Das lag vermutlich daran, dass er sperrangelweit offen stand.

»Sven?«, sagte Jenny. Sie legte ihre Hand auf seinen Unterarm. Er spürte, wie diese vor Angst zitterte. Sein Herz raste.

»Er bringt wieder jemanden um«, stammelte er. »Er ist der gesuchte Mörder. Was meint er damit?«

»Wir müssen das Rätsel lösen. Ein Menschenleben liegt in unserer Hand.«

»Ich muss Carlos Bescheid geben. Verfickte …«, sagte Sven und sprach nach einer kurzen Unterbrechung weiter: »Verfickter Schmetterling.« Er wich Jennys Blick aus. In dieser Situation hatte er keine Zeit für Späße. Die Sache war viel zu ernst.

Jenny war bereits nach draußen gegangen und berichtete Carlos am Telefon von den neuesten Vorkommnissen. »Ja, bitte komm her. Wir sind im

Büro«, sagte sie und ging wieder zu Sven zurück. Sven hielt ihr einen Zettel entgegen, auf dem die Worte ›*Wir müssen aufpassen, was wir sagen*‹ standen. Jenny nickte.

Klar, Sven hätte vor knapp zwei Stunden sein Handy auf der Dienststelle abgeben sollen. Allerdings hatte er sich dagegen gewehrt, da er bestimmte Telefonnummern zuerst sichern wollte. Seine Worte an den diensthabenden Polizisten hallten noch in seinen Ohren nach: »Ja, morgen in der Früh bringe ich es vorbei.« Einerseits war er froh, das Handy bei sich zu haben, doch andererseits ... Jennys Worte rissen ihn aus seinen Gedanken.

»Was soll das heißen, ›Nie ohne Seife waschen‹?«

»Touristen, aber kein Touristenort. Playa del Inglés fällt mal weg, Maspalomas auch. Ich denke, es muss direkt am Strand sein. Denkst du nicht auch?«

Jenny antwortete nicht. Sie starrte Svens Handy an, als würde dieses mit ihr sprechen und des Rätsels Lösung bekannt geben.

Keine zehn Minuten später traf Carlos bei den beiden im Büro ein. »Was haben wir? Was hat er gesagt?« Carlos sparte sich die Begrüßungsfloskeln zur Gänze.

»Weißt du, was ›Nie ohne Seife waschen‹ bedeuten könnte?«, fragte Sven, und nach einer kurzen Pause redete er weiter. »Und welcher Ort hat Touristen, ist aber kein Touristenort?«

Carlos überlegte kurz, bevor er antwortete. »Auf Spanisch macht es keinen Sinn. Es gibt keinen Ort, der so heißt, hier auf der Insel.«

»Die ganze Ostküste rauf ist kein Touristenort, aber demzufolge sind dort auch nur wenige Touristen«, sagte Jenny. »Im Norden oben ist Las Palmas, da wären viele Touristen. Ist das ein Touristengebiet?«

»Ich denke, ja«, antwortete Carlos und schaute zwischen Jenny und Sven hin und her.

»Ich hab die Lösung«, schrie Sven auf und hüpfte von seinem Stuhl. Er zückte seinen Stift und malte auf das Blatt, das an der Wand hing, einen Kreis, in den er mittig ein Kreuz zeichnete. Dann folgten ein N oben, ein S unten und ein W und ein O an den Seiten. »Klar? ›Nie ohne Seife waschen.‹ Das haben wir alle in der Schule gelernt. Der Anfangsbuchstabe ist die jeweilige Himmelsrichtung. Wir suchen einen Ort im Süden der Insel. Und unser Täter kann kein Canario sein. Zumindest muss er an einer deutschsprachigen Schule gewesen sein. Oder kennst du diese Redewendung, Carlos?«

Dieser zuckte nur mit den Schultern, griff sofort nach seinem Funkgerät und meldete die Neuigkeiten zum Täterprofil. »Süden wäre Pasito Blanco, El Pajar. Sind aber nur wenige Touristen dort unterwegs. Das Nächste wäre Arguineguín. Viele Touristen, kein typisches Touristengebiet. Weiter hinauf die Küste ist alles Touristengebiet.«

Jenny hatte bereits Google Maps geöffnet und schaute sich die Strände von Arguineguín an. »Wenn wir berücksichtigen, dass er die Leichen ja öffentlich ablegt, käme nur der Stadtstrand infrage.«

In diesem Moment läutete Svens Telefon. Ein kurzer Blick auf die Armbanduhr verriet ihm, dass der Anruf sieben Minuten früher kam als vereinbart.

»Ja?«

»Sie haben eine schlaue Freundin. Das muss ich Ihnen lassen. Leider, leider ist es zu spät.« Im Hintergrund hörte Sven das Meer rauschen, und eine Person wimmerte leise.

»Aber Sie sagten doch, wir haben eine halbe Stunde Zeit.«

Roberto lachte. »Sie glauben einem Serienmörder? Wie naiv sind Sie denn?«

»Sie mieses Stück Scheiße! Sie bringen Leute um! Wahllos!«, schrie Sven in das Handy, allerdings war die Verbindung bereits unterbrochen.

Carlos meldete den Notfall an seine Dienststelle und rannte aus dem Detektivbüro.

44

»Sie haben eine halbe Stunde, dann kriegen Sie den nächsten Hinweis«, sagte Roberto noch, bevor er auflegte. Ein Lächeln huschte ihm über die Lippen. Genüsslich leckte er an der Eiskugel, die er in einer Waffel in der Hand hielt. *Mhm, Schokolade mit Schokostückchen.* Definitiv seine Lieblingssorte.

Er saß auf einer der vielen Parkbänke an der Promenade von Arguineguín und beobachtete das rege Treiben. Hier gab es wirklich das beste Eis im Süden der Insel. Kein Wunder, dass die Warteschlange vor dem Eistresen des Sparmarktes ewig lang war. Plötzlich hörte er eine Sirene. Er schaute die Straße entlang und sah in einiger Entfernung ein Blaulicht blitzen. Im ersten Moment erstarrte er, und ein Tropfen Schokoeis fiel auf seine Hose. *Das kann nicht sein, dass die wegen mir kommen? Es waren fünfundzwanzig Sekunden. Ich habe doch genau auf meine Uhr geschaut.*

Der Streifenwagen raste mit einem Affenzahn die Anhöhe herunter und kam mit quietschenden Reifen vor dem Supermarkt zum Stehen.

Roberto schleckte wieder an seinem Eis und blieb ruhig sitzen. *Jetzt nur keine Panik.* Er lehnte sich zurück, obwohl sich der Inhalt seines Rucksackes in seinen

Rücken drückte, und legte sein rechtes Bein über das linke.

Die beiden Polizisten stiegen aus dem Auto aus. Roberto konnte nur den von der Beifahrerseite genauer erkennen. Er hatte bereits die Hand an seiner Pistole, die in seinem Gürtelhalfter steckte. Roberto aß sein Eis weiter und beobachtete das Geschehen, keine zehn Schritte von ihm entfernt.

Ein Grinsen huschte ihm über das Gesicht, als er sah, wie die Polizisten im Sparmarkt verschwanden. Ein Ladendieb vielleicht? Keine Ahnung, und vermutlich würde er auch niemals den Grund erfahren, warum die beiden hier waren.

Ein Blick auf das Display seines Handys zeigte ihm, dass gerade einmal fünf Minuten seit seinem Anruf bei Sven vergangen waren. Er stand von der Parkbank auf und schlenderte ein paar Schritte die Promenade entlang. Er blieb stehen, stützte seine Unterarme auf das Geländer und sog die Meeresluft in seine Lungen. Und da sah er ihn, wie er mit seinen Lumpen in der Hand am Strand entlangspazierte. Wut stieg in ihm auf, wie ein Feuer, das meterhoch loderte. Schon als Kind hatte er den Hass gespürt, den dieses Dreckspack in ihm auslöste. Ein Flügelschlagen in seiner Bauchgegend verriet ihm, dass er jetzt beginnen musste. Obwohl die Polizei keine fünfzig Meter von ihm entfernt war. Das

Flügelschlagen breitete sich mit einem wohligen Kribbeln in seinem ganzen Körper aus. »Oh ja, genauso hab ich mir das vorgestellt.« Er warf seine Eistüte in den nächsten Mülleimer und verschwand wie der Obdachlose zuvor in der Dunkelheit des Strandes.

45

Carlos sprang in sein Auto, startete und trat aufs Gaspedal. Gerade eben hatte er die Meldung bekommen, dass der Gesuchte in der Nähe des Strandes gesehen worden war. *Das Phantombild hat also doch etwas gebracht,* dachte er und schaltete die Signalleuchte auf dem Autodach ein.

Die Funksprüche quollen über, und immer mehr Streifen meldeten ihre Ankunft am Stadtstrand von Arguineguín.

»Dich krieg ich«, zischte Carlos. »Und wenn es das Letzte ist, was ich mache.«

Eine Viertelstunde später nahm er die Autobahnausfahrt nach Arguineguín, da kam der nächste Funkspruch herein.

»*An alle Einsatzkräfte: Der Verdächtige befindet sich vermutlich auf der Strandpromenade Richtung Patalavaca. Der Verdächtige ist bewaffnet mit einem Handbeil. Es ist nicht auszuschließen, dass er auch eine Schusswaffe bei sich trägt.*«

Als Kind war Carlos mit seinem Großvater oft an der kleinen Bucht angeln gewesen, die zwischen Patalavaca und Arguineguín lag. Die Steine, die dort aufgeschichtet waren, lockten viele Fische an, wovon einige abends bei der Familie auf dem Teller gelandet waren. Somit kannte er sich in dieser Gegend bestens aus.

Carlos fuhr weiter geradeaus durch den Ort und bog erst beim großen Hotel, das direkt neben dem Strand Playa Carrera lag, ab.

»Bin jetzt zwischen dem Sunwing Seafront und dem Don Carlos. Playa Carrera. Brauche Unterstützung«, sprach er in sein Funkgerät.

»*Unterstützung bestätigt. Warnung! Verdächtiger hat eine Polizeiwaffe. Er hat einen Kollegen niedergeschlagen, der ihn verfolgt hat.*«

»Verstanden.« Carlos atmete tief durch. *Wie kann denn so was bloß passieren?* Er hatte nicht viel Zeit, um darüber nachzudenken, wie das wohl abgelaufen war. Er sah bereits eine dunkle Gestalt auf der Promenade laufen, die kurz darauf auf den nicht befestigten und unbeleuchteten Weg abbog. Der Mann rannte ihm förmlich in die Arme. Carlos stieg aus, zog seine Waffe und rannte auf einen Felsen zu, der groß genug war, um sich dahinter zu verstecken. Er spähte vorsichtig nach vorne. Ja, da bewegte sich etwas. Nur schemenhaft konnte er ihn erkennen. Der Verdächtige war gute zwanzig Meter von ihm entfernt, als Carlos das erste Mal rief. »¡Policía!«

Doch der Mann ließ sich von ihm nicht beirren und rannte weiter auf ihn zu.

»¡Policía!«, brüllte Carlos erneut und entsicherte seine Waffe. Sofort, als hätte er sich in Luft aufgelöst, war der Mann verschwunden. Carlos wusste, dass es hinter dem Hotel eine freie Fläche gab mit viel Gebüsch, direkt an der linken Seite neben der drei Meter hohen Felsmauer.

Und da hörte er den ersten Schuss, der ihn nur knapp verfehlte. Carlos schoss ebenfalls, allerdings konnte er sein Ziel nicht genau anvisieren. Eine Wolke hatte sich vor den Mond geschoben, und es war zappenduster. Er sah kaum die Hand vor seinen Augen.

Verdammt! Wo bleibt meine Verstärkung?

Wieder ein Schuss, doch diesmal klang dieser weiter entfernt. Carlos spähte hinter dem Felsen hervor. Die Kollegen, die bereits vor ihm vor Ort gewesen waren, rannten den unbefestigten Weg entlang. *Er muss zurück in die andere Richtung gelaufen sein*, dachte er sich noch, konnte aber nichts Genaues erkennen.

Die ersten Mondstrahlen erhellten wieder das Gebiet rund um ihn. Da sah er den Verdächtigen, der hinter dem Gebüsch hervorschaute.

Den Knall hörte er erst, als der Schmerz in seinen Körper einfiel wie ein hungriges Tier. Dann brach er bewusstlos zusammen.

46

»Jenny, du musst sofort zu mir kommen«, redete Sarah hastig. »Ich muss ins Krankenhaus. Carlos wurde angeschossen. Die Ärzte wollen mir am Telefon keine Auskunft geben.«

Im ersten Moment war Jenny wie gelähmt, sie konnte nicht fassen, was Sarah gerade gesagt hatte. Ungläubig schaute sie in Svens Richtung, der bereits seit mehreren Minuten damit beschäftigt war, sich auf Netflix einen guten Film auszusuchen.

Wieder ertönte Sarahs Stimme: »Jenny? Ich brauche dich. Meine Mutter schläft schon.« Ein Schluchzen folgte.

»Natürlich, wir kommen sofort. Sind gleich bei dir. Mach dir keine Sorgen. Es wird alles gut.« Jenny beendete das Gespräch.

Sven hatte die Fernbedienung beiseitegelegt und schlüpfte in seine Schuhe. »Was ist los?«, fragte er.

»Carlos wurde angeschossen. Wir müssen zu Sarah nach Hause. Raúl ist sonst allein.« Sie nahm die Autoschlüssel und drückte sie Sven in die Hand.

»Oh Mann. Das sind keine guten Neuigkeiten.«

Keine zehn Minuten waren vergangen, als sie endlich bei Sarah eintrafen. Sie stand bereits auf dem Treppenabsatz und lief den beiden aufgeregt entgegen, als sie auf dem Parkplatz hielten. Das Haus hinter ihr war hell beleuchtet. Weinend fiel sie Jenny in die Arme.

»Komm, ich fahr dich ins Krankenhaus«, sagte Jenny. »Du kannst in diesem Zustand nicht Auto fahren. Sven bleibt bei Raúl, okay?«

Sarah zitterte am ganzen Körper und war nicht fähig, sich zu bewegen, stattdessen sagte sie: »Sie haben mir nichts gesagt. Ich weiß nicht mal, was genau passiert ist. Vielleicht liegt er im Sterben und ist schon tot, wenn ich dort ankomme.«

Jenny drückte sie fester an sich. Auch ihr wurde mulmig bei Sarahs Worten, und ihr Herzschlag ging schneller als zuvor. Trotzdem versuchte sie, mit ruhiger Stimme mit ihr zu sprechen. »Wir fahren jetzt. In ein paar Minuten wissen wir mehr, ja?« Sie bugsierte Sarah zur Beifahrertür des Autos und half ihr beim Hineinsetzen.

Sven war bereits im Inneren des Hauses verschwunden.

Fünf Minuten später fuhren die beiden am Krankenhaus vorbei, auf der Suche nach einem Parkplatz. Sarah schaute aus dem Fenster und sprach kein Wort. Hin und wieder entfuhr ihr ein leises Schluchzen, das die Stille im Auto unterbrach. Nachdem sie einen Parkplatz gefunden hatten, legte Jenny ihre Hand auf Sarahs und drückte sie leicht.

»Komm, Liebes. Wir schaffen das schon. Ich bin bei dir, ja?«

Sarah nickte.

Momente später standen sie am Empfang. Sarah stützte sich auf Jenny, schwieg aber, als die Dame hinter dem Tresen die beiden ansprach. Somit übernahm Jenny das Reden. »Es wurde ein Polizist zu Ihnen gebracht. Inspektor Carlos Muñoz Díaz. Das ist seine Frau.«

Die Dame lächelte freundlich und tippte etwas auf ihrer Tastatur. »Er ist noch im OP. Sie können hier im Warteraum Platz nehmen. Ich rufe Sie, sobald Sie mit einem Arzt sprechen können.« Sie deutete auf eine Reihe von Plastikstühlen an der gegenüberliegenden Wand.

»Aber … ich muss wissen, was passiert ist«, sagte Sarah zu der Frau.

»Ich kann Ihnen nichts sagen«, erwiderte die Dame mit einem freundlichen, aber bestimmten Tonfall. »Das muss der Arzt mit Ihnen besprechen. Bitte, nehmen Sie dort drüben Platz. Ich rufe Sie auf.«

Jenny merkte, dass sich Sarah schwerer auf sie stützte als noch Sekunden zuvor, und schaute zu ihr. Ihr Gesicht war rot angelaufen, und der Schweiß tropfte ihr

193

von der Stirn. »Bitte helfen Sie mir. Ich glaube, sie wird ohnmächtig.«

Sofort sprang die Empfangsdame auf, schrie nach Unterstützung, rannte um ihren Tresen herum und half Jenny, Sarah in einen Rollstuhl zu setzen, den eine Schwester gebracht hatte.

»Sarah?«, sagte Jenny und schaute in das ausdruckslose Gesicht. »Sarah? Was ist mit dir?«

»Ich weiß nicht. Mir wurde gerade schwindlig. Ich habe das in den letzten Wochen des Öfteren gehabt. Ist vermutlich nur der Stress.« Sie trank einen Schluck von dem Wasser, das ihr Jenny reichte.

»Ich werde einen Arzt rufen, der Sie untersuchen wird«, sagte die Krankenschwester, die gerade ihre Finger von Sarahs Handgelenk nahm. »Ihr Puls rast ja förmlich.«

Sarah winkte ab. »Nein, nein. Ich will zuerst wissen, wie es Carlos geht. Dann beruhige ich mich sicher wieder.«

»Sarah, sei vernünftig«, sagte Jenny. »Ein Arzt soll dich untersuchen. Wir können hier sowieso nichts anderes tun, als zu warten.« Sie schaute Sarah eindringlich an, die schlussendlich doch nachgab.

Kurze Zeit später lag Sarah bereits in einem Behandlungsraum auf der Liege. Ein junger Arzt war zur Tür hereingeschneit, hatte in Windeseile eine Kanüle gelegt, Blut abgenommen und war genauso schnell verschwunden, wie er gekommen war. Das war bereits mehrere Minuten her.

Die Schwester betrat den Raum und blickte auf die Infusion, die langsam tröpfelte. »Na, geht es Ihnen schon besser?«, fragte sie freundlich.

»Ja, mir geht es besser«, antwortete Sarah. »Wissen Sie schon etwas von Carlos? Ist er schon aus dem OP draußen?«

»In erster Linie kümmern Sie sich nun mal um sich selbst. Aber ich verspreche Ihnen, sobald ich etwas Neues weiß, sag ich Ihnen sofort Bescheid. Und nun ruhen Sie sich ein wenig aus.« Die Schwester verließ den Raum und ließ die beiden allein.

Minutenlang sagte Sarah kein Wort und starrte nur an die Decke. Auch Jenny schwieg. Sie zog es vor, Sarah nicht mit unnötiger Konversation zu quälen. Sarah hielt Jennys Hand fest. Einzelne Tränen rannen ihr von Zeit zu Zeit die Wangen hinunter.

»Er ist tot, und sie wollen es mir nicht sagen«, sagte Sarah plötzlich.

Jenny erschrak. *Was soll ich bloß darauf antworten?* »Nein, Sarah. Er ist im OP, und du wirst sehen, es wird alles gut.«

In diesem Moment ging die Tür auf, und der junge Arzt, der vorhin fast schon fluchtartig den

Behandlungsraum verlassen hatte, kam mit einem Lächeln herein.

»Wissen Sie etwas Neues von Carlos? Wie ist die Operation verlaufen?«, fragte Sarah sofort und schaute ihn mit großen Augen an. Sie drückte Jennys Hand so fest, dass diese aufstöhnte.

»Nein, da habe ich noch keine Neuigkeiten für Sie. Er ist noch im OP. Aber etwas anderes: Den Grund für Ihre Schwindelanfälle haben wir gefunden. Ich gratuliere Ihnen. Sie sind schwanger.« Der junge Arzt strahlte über das ganze Gesicht.

Sarah starrte ihn zuerst nur an. Im nächsten Moment schrie sie bereits los: »Nein, jetzt wachsen beide Kinder ohne Vater auf!«

»Bitte beruhigen Sie sich doch. Soweit ich darüber informiert bin, wurde Ihr Mann mit einer Schussverletzung im Schulterbereich eingeliefert. Die Kugel muss entfernt werden. Er wird bald aus dem Operationssaal herauskommen, und Sie können dann sofort zu ihm, ja? Freuen Sie sich lieber, dass Sie bald zu dritt sein werden. Das können Sie Ihrem Mann als Erstes erzählen, sobald er seine Augen aufmacht.«

»Zu viert«, sagte Sarah, und ein Lächeln huschte ihr über die Lippen. »Wir sind dann zu viert.«

47

Cecilia bekam gerade ihre Entlassungspapiere von der Krankenschwester. Eine Nacht im Krankenhaus hatte ihr völlig gereicht. Schwer genug war es, nicht im eigenen Bett zu schlafen, und dann noch mit einer Zimmernachbarin, die ständig quasselte, sogar noch, als sie bereits geschlafen hatte.

»Ich warte unten auf dich.« Das waren Horsts Worte, die er ihr vor wenigen Minuten via Telefon mitgeteilt hatte. Das Frühstück, das sie erst vor wenigen Minuten hinuntergewürgt hatte, lag ihr schwer im Magen und bahnte sich seinen Weg zurück über die Speiseröhre. Sie schluckte einige Male kräftig, um der Krankenschwester nicht auf den Tisch zu kotzen. Der Gedanke daran, dass sie die Zerstückelung der Leiche mit ansehen musste, war präsent wie ein Film, der vor ihrem inneren Auge in Dauerschleife ablief. Und einen schalen Nachgeschmack bekam das Ganze auch noch, als sich Cecilia fragte, ob sie die Morde hätte verhindern können. Ob es für sie eine Möglichkeit gegeben hätte, zumindest die Frauen zu retten. Die ganze Nacht hatte sie dieser Gedanke bereits gefangen gehalten. Hatte Rolf Fleischer Anzeichen gezeigt, dass er zu so einer Tat fähig wäre?

197

Sie ging aus dem Haupttor des Krankenhauses hinaus, und Horst, noch immer im Auto sitzend, winkte ihr zu. Dann sprang er heraus und öffnete die Beifahrertür. Er hauchte ihr zur Begrüßung einen Kuss auf die Wange. »Hallo, mein Schatz.«

»Hallo«, murmelte sie leicht verlegen und stieg ins Auto ein. So zärtlich war er schon lange nicht mehr zu ihr gewesen.

»Ich bin froh, dass dir nichts passiert ist.« Horst startete den Motor und fuhr los.

Cecilia schaute aus dem Fenster. Erst als Horst auf die Autobahn auffuhr, fing sie an zu sprechen. »Horst, ich muss dir etwas sagen. Lass uns meinen Vater bitte in ein Altenheim geben. Ich ertrage seine Nähe nicht.« Es platzte einfach aus ihr heraus.

Horst schwieg und schaute stur auf die Straße. Sie blickte zu ihm. Sein Gesicht war wie versteinert. Natürlich, er konnte nicht verstehen, warum dies ihr Wunsch war. Er kannte keinen einzigen Teil der Geschichte. Woher auch?

»Horst, mein Vater ist … er ist der Vater von meinem Neffen.« Cecilia war selbst schockiert über ihre Worte. Sie konnte es nicht fassen, dass sie ihm das gerade erzählt hatte. Es gab nur vier Menschen, die darüber Bescheid wussten. Ein Mensch war bereits gestorben und einer davon war sie selbst. Jahrzehntelang hatte sie geschwiegen. Und nun war es raus. Die Worte, die sie gesagt hatte, zeigten Wirkung bei Horst.

»Warum hast du nie etwas gesagt? Warum erzählst du mir das ausgerechnet jetzt?« Er starrte weiterhin auf die Straße. Seine Stirn legte sich in Falten, und seine Zähne knirschten. Das machte er immer, wenn er nicht wusste, wie er auf etwas reagieren sollte.

»Ich habe nun verstanden, dass diese Wut einen innerlich zerfressen kann. So wie in dem Fall von Herrn Fleischer. Verstehst du? Er hat Rache genommen an den Jugendlichen, die seine Tochter in den Tod getrieben haben. Er hat ihnen das Liebste genommen. Er wollte, dass sie den gleichen Schmerz fühlen, wie er ihn fühlte.«

»Ist das der Grund, warum du deine Schwester nicht besuchst? Warum du keinen Kontakt zu ihr hast?«

»Ja. Und dafür schäme ich mich zutiefst. Ich hätte ihr beistehen müssen, stattdessen habe ich sie verstoßen, genauso wie meine Mutter sie verstoßen hatte. Deswegen wollte ich auch nicht mehr zurück auf diese verdammte Insel. Und meinen Vater hätte ich lieber tot gesehen.« Die erste Träne bahnte sich ihren Weg über Cecilias Wange. So offen hatte sie noch nie über das Vergangene gesprochen.

»Warum hast du nie etwas gesagt?«

»Weil ich mich für meinen Vater schämte. Ich schämte mich für ihn, weil er meine kleine Schwester vergewaltigt hat und noch dazu ein Kind mit ihr zeugte. Als das geschah, war ich bereits in Deutschland und habe dort mein Studium begonnen. Meine Schwester rief mich an, ich weiß es noch so, als wäre es gestern gewesen. Sie heulte ins Telefon, dass mein Vater … unser Vater nachts in ihr Zimmer kam und mit ihr machte, was er wollte. Ich konnte gar nicht glauben, was sie da sprach, und hab es abgetan. Mein Vater macht so was nicht. Zu mir war er immer lieb. Du musst verstehen, ich war immer seine Prinzessin. Mich hat er niemals angefasst. Aber sie … sie hat er vergewaltigt. Ich konnte und wollte nicht hören, was sie mir sagte.«

Horst war von der Autobahn abgefahren und bog bereits in die Hofeinfahrt ein, wo Alicia auf die beiden ungeduldig wartete. »Lass uns später darüber sprechen, ja? Wir finden da eine Lösung. Ich bin dafür, dass er aus unserem Haus verschwindet. Und ebenso bin ich dafür, dass du mit deiner Schwester redest und sie zu uns einlädst.« Er strich mit seiner Hand über ihre Wange. »Danke, dass du mir die Wahrheit gesagt hast. Ich liebe dich. Und ich unterstütze dich, wo ich nur kann. Vergiss das nie. Du hättest mir das alles schon viel früher erzählen müssen. Vieles wäre anders gekommen. Niemals hätte ich zugelassen, dass er in unserer Nähe ist.«

48

»Sie sagen mir jetzt, warum Sie das alles getan haben.«
Carlos saß im Vernehmungszimmer der Polizeistation
Roberto, der in Wirklichkeit Rubén Santos Ordavas hieß,
gegenüber und kochte vor Wut. Nicht zuletzt, weil seine
Schussverletzung ein kräftiges Ziehen verursachte und
dieser Mann derjenige war, der ihm diese Schmerzen
zugefügt hatte. Gegen den Rat des Arztes hatte Carlos
heute früh die Klinik verlassen. Zwar im Rollstuhl, da er
aufgrund der Operation noch ziemlich geschwächt war,
aber er wollte auf jeden Fall das Verhör selbst
durchführen.

Rubén fing an zu lachen. Immer lauter und lauter
wurde er.

»Sie Psychopath. Sie haben Unschuldige ermordet!«
Carlos spie ihm die Worte entgegen.

Rubén beruhigte sich schlagartig von seinem
Lachanfall und blickte Carlos direkt in die Augen. Dann
huschte ein amüsiertes Lächeln über sein Gesicht.
»Unschuldige? Er hat zwei Frauen abgeschlachtet und
eine entführt. Hey, der Typ war gefährlich, nicht ich. Ich
habe nur die Insel von Unrat gesäubert.«

»Warum haben Sie die beiden Obdachlosen
getötet?« Carlos hielt seinem Blick stand.

»Ah, ja genau. Es werden mir ja nur die beiden zur Last gelegt. Wenn es nur das ist. Die vermisst keiner, und ehrlich gesagt, sind wir mal froh, dass sie nun nicht mehr die Insel verpesten.«

»Bei dem dritten Obdachlosen, der vom Strand in Arguineguín, ist es schwere Körperverletzung. Er hat seine linke Hand verloren, die rechte konnte wieder angenäht werden.«

»Und das auf Staatskosten«, sagte Rubén und pfiff durch seine Zähne. »Tolle Sache.« Er hob seinen Daumen in die Höhe.

Carlos hatte für den Moment genug gehört und drückte auf den Knopf unter dem Tisch. Sofort kam ein Beamter herein und fuhr ihn aus dem Verhörraum. »Ich kriege hier noch das Kotzen«, murmelte er, und die Tür hinter ihm fiel ins Schloss. Er nickte dem zweiten Beamten zu, der seinen Posten vor der Zimmertür eingenommen hatte, und ließ sich in sein Büro fahren. Endlich vor seinem Schreibtisch angelangt und allein atmete er tief durch. Die Hitze, die in ihm aufstieg, zeigte sich äußerlich als Schweißperlen auf seiner Stirn.

Wie kann ich diesem Arschloch nachweisen, dass er mehr Morde begangen hat als die an den Obdachlosen und an Fleischer?

Ein Klopfen an der Tür beendete seine Gedanken.

»¿*Sí?*« Carlos musste sich beherrschen, nicht zu schreien. Das kurze Verhör mit Rubén hatte ihn aufgewühlt. Und die Wunde an seiner Schulter pochte wie verrückt.

»Carlos?«, sagte Cristiano. »Ich habe da Informationen, die dich sicher … Hast du große Schmerzen? Du bist komplett rot im Gesicht. Soll ich einen Arzt holen?« Besorgt kam er um den Tisch gelaufen und blickte Carlos fragend an.

»Nein, alles gut. Der Typ regt mich so auf.« Carlos setzte sich aufrecht hin. »Zeig her. Was hast du herausgefunden?«

Cristiano blätterte die Mappe auf und zeigte sie ihm. Carlos las:

Rubén Santos Ordavas
geboren 17.7.1978, Barcelona
Eltern: Marita Ordavas Cano und Alfonso Santos Fernandez
Marita geboren 23.2.1957, gestorben 22.12.1988
Alfonso geboren 16.6.1947, abgängig seit 9.3.1989

»Hier steht, dass seine Mutter von einem Obdachlosen, der in den Wäldern Gran Canarias lebte, getötet wurde«, sagte Carlos. »Sie wurde bestialisch zugerichtet. Man fand sie erst Tage später. Der Täter ist kurz nach Haftantritt verstorben. Das passierte in der Nähe von San Bartolomé de Tirajana im gemeinsamen Weihnachtsurlaub. Er lebte nach dem Tod seiner Mutter bei seinem Vater in Barcelona. Allerdings ohne gültige Meldeadresse. Alfonso Santos Fernandez war obdachlos und laut Aussagen seiner Bekannten schwerer Alkoholiker. Sein Vater verschwand vier Monate später spurlos. Danach kam Rubén bei seinen Großeltern mütterlicherseits unter. Zuerst in Deutschland, wo der Großvater arbeitete, und nach dessen Pensionierung hier auf Gran Canaria. Die Großeltern hatten sich schon Jahre zuvor eine Finca in den Bergen gekauft und sind immer mit ihm und seinen Eltern in den Ferien hier gewesen. Ich habe einen schlimmen Verdacht, du auch?« Er blickte zu Cristiano, der nickte.

»Ich meine, hier steht, dass Rubén knappe vier Monate mit seinem Vater auf der Straße lebte. Kommt daher der Hass auf Obdachlose? Was meinst du?« Cristiano warf Carlos einen fragenden Blick zu.

»Gut möglich. Außerdem hat der Täter bis zuletzt bestritten, dass er Marita Ordavas Cano getötet hat.«

»Die ganze Geschichte wird immer verzwickter. Und der Vater verschwand von einem Tag auf den anderen. Angeblich wurde er am Abend noch in einem Casino in Barcelona in der Nähe des Strandes gesehen.«

Carlos rieb sich mit den Fingern die Stirn und legte diese in Falten. Dann schnaufte er und klappte die Akte zu. »Wir können vermuten, was wir wollen. Beweisen werden wir das wohl niemals können. Mal was anderes: Hast du nachgesehen wegen der Vermisstenmeldungen? Ich habe den Verdacht, dass es noch mehr Opfer gibt.«

»Ich hab einige Vermisstenfälle gefunden. Zwei Prostituierte und drei männliche Obdachlose. Die Dunkelziffer ist vermutlich höher.« Cristiano verließ kurz Carlos' Büro. Als er zurückkam, legte er einige Fotos auf den Schreibtisch.

Carlos schaute sie sich kurz an. »Cristiano, bitte komm mit in den Verhörraum. Ansonsten kann ich für nichts garantieren, wenn mich dieses Dreckschwein so widerlich angrinst.«

Cristiano nickte und schnappte sich die Haltegriffe von Carlos' Rollstuhl.

Eine Minute später saßen beide Rubén gegenüber. Dieser lächelte selbstgefällig, als ihm Carlos die Bilder einzeln auf den Tisch knallte. »Und was ist mit diesen Menschen hier? Haben Sie mit dem Verschwinden dieser Personen etwas zu tun?«

Rubén sah nur eine Sekunde auf die Abzüge und wandte seinen Blick wieder ab. Er schaute Carlos direkt an. Carlos glaubte, in Rubéns Augen ein Feuer gesehen zu haben. Doch kurz darauf verdunkelte wieder dieses arrogante Grinsen die Gesichtszüge des Mörders.

»Ah, das sind dann insgesamt acht«, sagte Rubén. »Aber schauen Sie mal.« Er schob seinen rechten Ärmel hoch und präsentierte den beiden seine Tätowierung. Er tippte auf die Strichliste und zählte laut: »Fünf, zehn, fünfzehn … Ich kann schon aufhören. So viele habt ihr nicht. Aber dieser hier …« Er zeigte auf einen der Striche, die kurz oberhalb seines Handgelenkes eintätowiert waren. »Dieser ist für meinen Vater. Meiner Mutter zuliebe.«

Carlos atmete tief durch. Hätte er seine Waffe im Halfter stecken gehabt, hätte er für nichts garantieren können.

Cristiano deutete auf eines der Fotos, auf dem eine Frau Mitte zwanzig zu sehen war, nur knapp bekleidet und aufgedonnert wie zu einem Ball. Die Prostituierte war eine der fünf Vermisstenfälle, die Cristiano im Polizeisystem gefunden hatte. »Haben Sie mit dem Verschwinden dieser Person etwas zu tun? Haben Sie sie auch abgeschlachtet wie die beiden Obdachlosen?«

Rubén kicherte erst, doch dann brach er in schallendes Gelächter aus. Schließlich fuhr er sich mit der Hand über die Augen und wischte die Lachtränen weg. »Im Ernst? Das ist eine ernst gemeinte Frage? Warum beweist ihr mir denn nicht, dass ich damit etwas zu tun habe? Von mir erfahrt ihr kein Wort. Ich muss nichts sagen, wenn ich nicht will.«

Carlos' Unterlippe fing zu beben an. Cristiano sprang von seinem Stuhl auf. Dieser kippte um und kam mit einem lauten Knall auf dem Boden auf. Noch bevor Carlos widersprechen konnte, packte Cristiano seinen Rollstuhl und bugsierte ihn in Richtung Tür.

»Sie mieses Dreckschwein!« Carlos schrie aus Leibeskräften, und Rubén lachte wieder.

Als Cristiano Carlos endlich aus dem Raum bekommen hatte, redete er auf ihn ein. »Carlos, beruhige dich doch. Das bringt doch nichts. Die Taucher sind bereits an den Stränden unterwegs, auf der Suche nach Überresten. Auch in Hafennähe wird der Meeresboden abgesucht. Unterstützung vom Festland habe ich ebenso angefordert. Vielleicht haben wir Glück, und wir finden etwas. Er hat insgesamt siebenundzwanzig Striche auf seinem Arm. Ich befürchte, dass wir ihm nicht alle Morde nachweisen können. Besonders bei den älteren Fällen wird es schwierig. Aber er wird nie wieder aus dem Gefängnis in Juan Grande herauskommen. Drei Morde, eine schwere Körperverletzung. Kein Richter der Welt wird da Milde walten lassen.«

Carlos' Hände zitterten vor Wut. »Ja, dein Wort in Gottes Ohr.«

49

»So habe ich mir unseren gemeinsamen Nachmittag nicht vorgestellt«, sagte Sarah und sah zu Sven und Jenny, die ihr am Esszimmertisch gegenübersaßen.

Raúl war gerade damit beschäftigt, das Brettspiel aufzubauen und jedem die Farbe, die er für richtig hielt, zuzuteilen. »Mama, das klappt nicht. Du kannst nicht mitspielen. Das ist doch auch doof.« Er schaute Sarah mit traurigem Blick an.

»Raúl, weißt du was?«, sagte Jenny. »Sven und ich werden uns eine Farbe teilen. Dann kann die Mama doch mitspielen. Was hältst du davon?«

»Oh ja. Ihr habt dann Gelb. Grün habe ich, das ist meine Lieblingsfarbe.« Raúls Augen strahlten, und Sarah strich ihm über die Wange. »Hör auf, Mama. Ich bin doch kein Baby mehr«, sagte er und schob ihre Hand von seinem Gesicht weg.

Sarah legte ihre Hand auf Carlos' linken Arm. Sein rechter lag in einer Schlinge.

»Ich bin so glücklich«, sagte Carlos. »Endlich hat es geklappt, und Raúl bekommt ein Geschwisterchen.«

»Wir freuen uns so mit euch.« Sven nippte an seiner Kaffeetasse. »Vielleicht klappt es ja auch mal bei uns beiden, nicht wahr, Jenny?« Ein verschmitztes Lächeln huschte ihm über das Gesicht.

Jenny stemmte ihre Hände in die Hüften und blickte ihn böse an. »Nein, sicher nicht. Ich liebe Kinder. Aber eigene will ich nicht. Das hatten wir doch bereits besprochen.«

»Ja, du hast es besprochen. Das ist richtig. Aber ich will Kinder, und du hast gesagt – vielleicht.«

»Aber ein *vielleicht* ist kein Ja.«

Um das Thema zu wechseln, griff Carlos in das Gespräch der beiden ein. »Sven? Hast du dein Handy heute früh abgegeben?«

Sven nickte. »Ja. Tatsächlich befand sich eine Software auf meinem Telefon. Rubén konnte alle Gespräche mithören und uns ebenso über das Mikro im Handy abhören. Krass, was heutzutage alles möglich ist.«

***

Es war bereits abends, und Sven hatte sich mit Carlos auf das Sofa gesetzt. Die beiden Frauen waren im Garten, hatten es sich in der Sitzecke gemütlich gemacht und genossen die letzten Sonnenstrahlen des Tages. Raúl war ebenfalls draußen und schaukelte.

Carlos hatte Sven eine Flasche Bier auf den Tisch gestellt, allerdings hatte Sven diese aus gutem Grund abgelehnt. Nie wieder wollte er Alkohol trinken. Carlos brachte ihm dann stattdessen ein alkoholfreies Getränk.

»Weißt du, was ich noch immer nicht verstehe?«, sagte Sven plötzlich in die Stille hinein und nippte an seiner Cola. »Warum hat dieser Fleischer die Frauen umgebracht? Seine Tochter hat Selbstmord begangen. Warum haben in seinen Augen die Frauen daran Schuld gehabt?«

»Wir haben in dem Haus in El Salobre das Tagebuch des Mädchens gefunden. Du hast mir erzählt, dass du dieses Facebookposting mit Diego gesehen hast. An diesem Tag, als das Foto entstanden ist, schrieb sie in ihr Tagebuch, dass sie mit ihm geschlafen hat. Sie waren bei ihm zu Hause, und als sie gerade dabei waren, Sex zu haben, sind die anderen der Clique ins Haus gestürmt und haben sie ausgelacht.«

»Was?«, unterbrach ihn Sven. »Wie? Dann war das reine Verarsche. Die arme Kleine.«

»Und das Schlimmste kommt erst noch. Sie hat vor dem eigentlichen Geschlechtsakt einen Striptease für ihn gemacht, weil er das so wollte. Sie schrieb, dass er ihr erzählt hat, dass er nur dadurch so richtig in Fahrt kommen kann. Der Strip wurde mit einer versteckten Kamera aufgenommen und in den sozialen Medien sofort verbreitet. Sie hat das erst am Abend gesehen, als sie wieder nach Hause gekommen ist. Der Typ hat sie voll ausgenutzt. Als sie ihre Sachen in Windeseile zusammensuchte, hat ihr vermeintlicher Freund sie als

Hühnerbrust bezeichnet. Die letzte Seite war völlig verschmiert. Ich vermute durch die Tränen.«

»Boah, krasse Geschichte. Also die Jugendlichen heutzutage sind wirklich grausam zueinander. Jenny und ich haben einen Vorfall im Park gesehen, wo ein Mädchen aus dieser Clique mit dem Inhalt einer Colaflasche überschüttet worden ist. Sie wurde dann auch von Diego in den Arm genommen ...« Sven stockte für einen Moment der Atem. »Wir müssen wenigstens diese Kleine retten, wenn wir schon nichts mehr für Michaela tun können.«

»Wir haben bereits Maßnahmen eingeleitet«, sagte Carlos. »Und die Jugendlichen werden sich alle für ihre Taten verantworten müssen. Und wir werden an den Schulen regelmäßig Workshops über das Thema Mobbing abhalten.«

»Warum hat Michaela sich nicht gewehrt? Warum hat sie sich nicht einfach von der Clique ferngehalten? Wenn mir jemand Kaugummi in die Haare klebt, in meine Schultasche pinkelt, dann geb ich mich mit demjenigen doch nicht mehr ab!«

»Allem Anschein nach hat ihr Diego die große Liebe versprochen. Dabei war er nur der Köder. Er hat sie mit in die Clique gebracht. Sie war doch die Neue, verstehst du? Sie war ein schüchternes Mädchen, ein leichtes Opfer.«

»Ich kann das echt nicht fassen«, meinte Sven. »Sie hat sich umgebracht, weil sie gemobbt wurde.«

»Sie hat sich umgebracht, weil sie mit der Scham nicht leben konnte, was ihr die anderen angetan haben. Aber sie werden alle dafür bestraft. Dafür sorge ich.«

-Ende-

Lieber Leser, liebe Leserin.

Herzlichen Dank für den Kauf dieses Buches. Es ist der erste Teil der Team-Gran-Canaria-Serie. Ich habe das Thema Mobbing gewählt, da doch gerade in der heutigen Zeit die sozialen Medien eine anonyme Atmosphäre bieten und schneller etwas geschrieben wird, als man es persönlich besprochen hätte. Immer wieder wird in den Medien darüber berichtet, dass besonders Jugendliche sich das Leben nehmen. Ich persönlich finde, dass dieses Thema, insbesondere an Schulen, mehr besprochen werden müsste und die Opfer von solchen Hasstiraden nicht länger Opfer bleiben sollten.

Wenn Sie Carlos und Sarah noch besser kennenlernen möchten, empfehle ich Ihnen den Kauf der Gran-Canaria-Thriller-Trilogie. Im Band 3 dieser Serie treffen Sie dann auch noch auf Sven und Jenny.

So wie in jedem meiner bisher erschienenen Büchern bedanke ich mich bei allen Mitwirkenden, die dieses Buch, so wie Sie es jetzt in Ihren Händen halten, überhaupt erst möglich gemacht haben:

An erster Stelle kommt, so wie in jedem meiner bisher erschienenen Büchern, mein Lieblingsmensch. Danke, dass du auch meine Launen erträgst, wenn meine Geschichte nicht den Lauf nimmt, den ich mir gewünscht hätte. Besitos y un abrazo.

An zweiter Stelle steht natürlich Sascha, mein absoluter Lieblingslektor. Durch dich werden meine Bücher noch besser, und jeder Satz, der verschachtelt bei dir ankommt, wird in die richtige Form gebracht. Jeder noch so kleine Fehler wird durch dich bereinigt. Danke, dass du an meiner Seite bist. Wir sind ein Team!

An dritter Stelle, aber nicht weniger wichtig, kommen meine Testleserinnen Julia, Corinne, Daggi, Birgit, Sandra, Jenny, Anja, Bianca und Verena, die auch diesmal meine Story auf Logik überprüft und alles hinterfragt haben. Ich bin so froh, euch zu haben. Egal ob es um die Story geht oder um die Auswahl des Covers und des Titels. Ihr seid immer für mich da. Auch wenn ich euch um fünf vor zwölf meine Geschichte zum Lesen gebe. Ohne euch würde es nur halb so viel Spaß machen.

Auch mein Coverdesigner Renee von Dream Design ist hier nicht zu vergessen. Es ist ein tolles Cover geworden, und ich freue mich schon auf die weitere Zusammenarbeit. Danke, dass du meine Ideen so toll umsetzt.

Auch einen herzlichen Dank an meinen Autorenkollegen Marcus Erhardt für seine Unterstützung. Du hast immer ein offenes Ohr für mich, und das finde ich super. Und auch an Roland Blümel, der diesmal bei den Testlesern mit von der Partie war, möchte ich ein paar Worte richten. Danke für das schnelle und tolle Feedback. Das hat mir sehr weitergeholfen.

Und auch an Sie, liebe Leserin, lieber Leser, ein Dankeschön. Ich hoffe, es hat Ihnen Spaß gemacht und ich durfte Sie ein paar Stunden mit einer spannenden Story unterhalten. Ich freue mich, Sie in meinem nächsten Thriller, der im Herbst 2019 im Handel erscheint, wieder begrüßen zu dürfen.

Ihre
Drea Summer

Sie sind nichts wert

von Drea Summer

Gran-Canaria-Thrillertrilogie Band 1

Erhältlich bei Amazon und als Taschenbuch
überall im Buchhandel
ISBN-13: 978-3752847529

WO IST KATHARINA?

Katharina möchte mit ihrer besten Freundin einen entspannten Urlaub auf Gran Canaria verbringen. Bei einem Ausflug in die Berge mit zwei jungen Männern verschwindet sie spurlos. Inspektor Carlos Muñoz Díaz, leitender Beamter vor Ort, erhält durch ein Ermittlerteam aus Deutschland Unterstützung. Doch bereits kurz darauf überschlagen sich die Ereignisse: Katharinas Freunde verstricken sich in Widersprüche, eine düstere Spur führt bis zurück in die Kindertage der jungen Frau, und an den Dünenstränden von Maspalomas findet man eine weibliche Leiche.

»*Aseos*« stand auf einem Holzschild in Form eines Pfeiles und erinnerte sie daran, dass ihre Blase bereits auf der Fahrt mächtig gedrückt hatte.

»Geht ihr bitte vor. Ich komme gleich nach!«, rief sie den anderen zu und folgte dem Trampelpfad zur Toilette, der hinter das Museum führte.

Sie hörte Yasmin kichern.

Ich will auch einen Jungen, der mich zum Lachen bringt.

Ein Rascheln in der Nähe zog ihre Aufmerksamkeit auf sich. Sie blieb stehen und drehte sich um, in der Hoffnung, dass Jan ihr hinterhergegangen war, um mit ihr allein sein zu können. Doch da war niemand. Nur der Wind, der die Blätter der Olivenbäume in Bewegung brachte. Enttäuscht ging sie weiter.

Die Tür zum Toilettenraum war angelehnt. Sie öffnete sie, trat einen Schritt in die Finsternis des Raumes und tastete nach dem Lichtschalter. Jemand stieß sie grob zur Seite, dann wurde ihr von hinten ein nasses Tuch auf Mund und Nase gedrückt.

»Hilfe!«, schrie sie, so laut sie konnte. Doch das Tuch dämpfte ihre Schreie.

Sie ballte ihre Hände zu Fäusten und schlug um sich. Ihr Angreifer war stärker und riss sie zu Boden. Auf dem

Rücken liegend strampelte sie mit den Beinen und trat nach dem Fremden. Ihre Kräfte schwanden, je mehr sie sich wehrte.

Sie kämpfte nicht nur gegen ihn, sondern auch gegen ihren Körper, der schwerer und schwerer wurde. Sie hatte Mühe, ihre Augen offen zu halten.

Tu, was ich dir sage

von Drea Summer

Gran-Canaria-Thrillertrilogie Band 2

Erhältlich bei Amazon und als Taschenbuch in jeder Buchhandlung

ISBN-13: 978-3752846751

Als ein Toter auf dem Parkplatz des Zoos Palmitos Park auf Gran Canaria gefunden wird, ist es vorbei mit der ungetrübten Urlaubsidylle. Die Polizei kommt zu der Erkenntnis, dass es sich um einen Selbstmord handelt. Kurz darauf verschwindet der deutsche Urlauber Leo spurlos aus einer Diskothek in Playa del Inglés. Inspektor Carlos Muñoz Díaz ermittelt, doch bald entwickelt sich der Fall für ihn zu einer persönlichen Tragödie. Stück für Stück offenbart sich ein Abgrund unmenschlicher Abscheulichkeit.

Du bist mein Besitz

von Drea Summer

Gran-Canaria-Thrillertrilogie Band 3

Erhältlich bei Amazon und als Taschenbuch in jeder Buchhandlung
ISBN-13: 978-3748166368

In einer Gasse in Playa del Inglés stirbt Svens Ex-Freundin Dörte in seinen Armen an einer Stichverletzung. Sven flieht Hals über Kopf, da er befürchtet, man könne ihm aufgrund seiner düsteren Vergangenheit die Schuld an Dörtes Tod geben. Die Prostituierte Aurelia, die in einem Bordell gegen ihren Willen festgehalten wird, vermisst ihre Freundin Malia, die seit Tagen verschwunden ist. Sie begibt sich auf eine gefährliche Suche.

Kurz darauf tauchen zwei weitere Leichen auf. Handelt es sich dabei um die Verbrechen eines Serientäters? Hat Sven doch etwas damit zu tun? Und wo hält er sich versteckt? Inspektor Carlos Muñoz Díaz ermittelt bereits in seinem dritten Fall mit seinem Kollegen Cristiano und seiner Verlobten Sarah.

Mit leisen Flügeln

von Drea Summer

**Erhältlich bei Amazon und als Taschenbuch
überall im Buchhandel
ISBN-13: 978-3749429642**

Jeder bekommt, was er verdient.

Obwohl Tyler sein andalusisches Heimatdorf Adra nie wieder betreten wollte, muss er nach dem Tod seines Vaters dorthin zurückreisen, um den Nachlass seines Vaters zu verwalten. Nach der Ankunft in Spanien trifft Tyler auf seine Jugendliebe Blanca und wird schon bald mit den Geistern der Vergangenheit konfrontiert. Innerhalb kürzester Zeit überschlagen sich die Ereignisse und eine grausame Mordserie überschattet die sonst so friedliche Stille des kleinen Fischerdorfs. Ermittler Alejandro Moreno Pirezo bekommt mit jedem Mord mehr Fragen als Antworten präsentiert. Was ist das Motiv des Killers und ist es Zufall, dass die Mordserie mit Tylers Ankunft erst so richtig Fahrt aufnimmt? Wird er den dunklen Geheimnissen auf die Spur kommen?

Ungerecht

von Drea Summer

**Erhältlich bei Amazon und als Taschenbuch
überall im Buchhandel
ISBN-13: 978-3749429387**

**Was würdest du tun, wenn man dir das Wichtigste
nimmt?**

In einem ruhigen Vorort von Graz bricht Christian
Schmitz am frühen Morgen in die Villa des
schwerreichen Verlegers Harald Moser ein. Er fesselt
den überraschten Mann. Im Laufe des Vormittags lockt
Christian einige Personen aus Mosers näherem Umfeld
unter einem Vorwand in das Haus. Er überwältigt sie
alle, und ein schreckliches Spiel beginnt, in dem
Christian immer tiefer in einen Strudel aus Gewalt und
Blutdurst hineingezogen wird. Was geschah in den
letzten zwölf Monaten? Und was bringt einen Mann
dazu, sich in einen brutalen Folterknecht zu
verwandeln?